幽默三國

之

赤壁文物拍賣會

周　銳◎著
奇　兒◎圖

序

在中國大陸，從二〇〇三年起，出版了《幽默三國》十本、《幽默西遊》四本、《幽默水滸》一本、《幽默紅樓》一本、《幽默聊齋》四本。其中最受歡迎的是前兩種，第一本《幽默三國》已經印刷了四十多次、達二十多萬冊。從二〇〇五年起，我這一大套書開始在香港陸續出版，現已出齊。令我鼓舞的是，這套書又有機會走向台灣小讀者。

回憶小時候，四大名著中最先讀的是《西遊記》和《水滸傳》，半古文半白話的《三國演義》較後接觸。但這些經典作品的流傳不僅靠書籍，還通過戲曲、評書、相聲等其他一些被大家喜聞樂見的民間文藝（現在又加上了影視劇）達到家喻户曉。

我還記得說書裡，曹操在間諜徐庶的愚弄下發出了「不要死子龍，只要活趙雲」的命令，使曹軍兵將在趙雲面前束手束腳，更加傷亡慘重。

我還記得相聲裡說到，演《長阪坡》時曹操的扮演者登上代表山坡的桌子，正巧撿場（舞台工作人員）把自己吃的烤白薯放在桌子上，曹操踩上烤白薯摔了下來。那演員不能不繼續演出，就指著桌子編了段唱：「今日上山好奇怪，它把老夫摔下來。二次再把山坡上……」

我還記得京劇《群英會》裡，周瑜為了向曹營派間諜，跟老將黃蓋商定使用苦肉計：打黃蓋時，眾將都求周瑜別打了，只有識破此計的諸葛亮若無其事。周瑜見諸葛亮一杯又一杯喝著酒，氣得渾身發抖。老實人魯肅奪下諸葛亮的酒杯，生氣地說：「我不服你了！都督責打老將軍，你是客人就該勸解，怎麼這樣只顧喝酒，你沒喝過酒啊？」諸葛亮笑道：「他們一個願打，一個願挨，與我有什麼相

干啊？」

你瞧，隔了差不多五十年了，我對這些記憶猶新。我當過孩子，知道孩子對什麼感興趣。我適合給孩子寫書還因為——能吸引孩子的一切還繼續吸引著我。所以在寫《幽默三國》時，編出的故事只要能把自己吸引住，差不多也就合孩子們的胃口了。《三國演義》裡人物很多，我只挑了五十年前比較吸引我的諸葛亮、張飛、曹操、蔣幹、周瑜、魯肅擔任《幽默三國》的主角。

有個孩子給我發來電子郵件，說：「我原來對歷史不感興趣，讀了您的《幽默三國》後，覺得歷史並不那麼枯燥了。」我挺高興，如果孩子們讀了我的書不僅只對中國歷史感興趣，能對中國文化的方方面面都產生興趣，那我就更高興了。

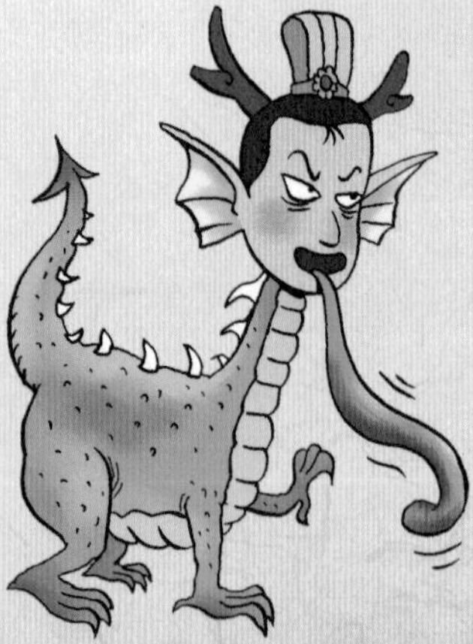

目次

目次

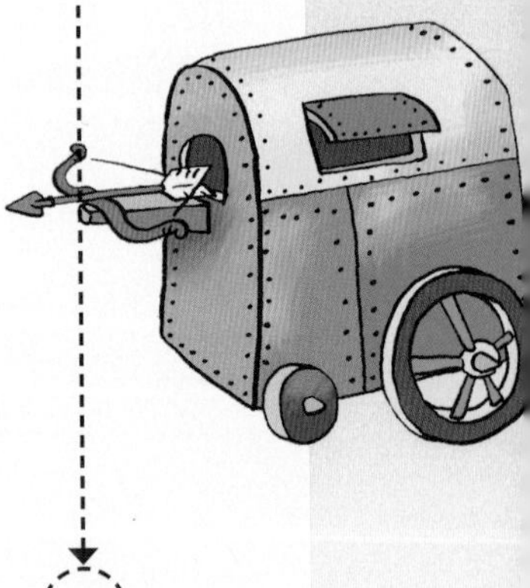

張飛變劉備

以前我們說過，襲擊銅雀台的恐怖分子鮑仇，又用裝在信封裡的豬基因粉末使蔣幹變成了豬。曹操趕緊請來神醫華佗，才把蔣幹又變了回來。

曹操第一次見識基因技術，覺得神奇極了。

他問華佗：「這種基因粉末是怎樣製造出來的？」

華佗答道：「豬的基因粉末，是從豬的活體組織裡提取的，比如豬鬃。」

曹操又問：「那，從別的動物身上也能提取基因粉末嗎？」

「當然都可以，只是現在還沒研究到別的動物。」

「華醫生，您如果有興趣，我可以提供研究資金。」

「行。」對科學有貢獻的事華佗總是有興趣的。

華佗先看中蔣幹的驢，他在驢尾巴上提取出了驢的基因粉末。

華佗將驢的基因粉末製成藥丸，讓蔣幹試著吞下一顆。

蔣幹的臉一點一點變長了，長成一張驢臉……

蔣幹一邊變著，曹操一邊作著詩：

蔣幹的耳朵朝上翹，
蔣幹的嗓門沖雲霄。
蔣幹的手兒變成腿，
蔣幹的腿兒有四條。

等蔣幹完全變成了一頭毛驢，曹操來找華佗：「華醫生，您的研究很

成功。但您打算什麼時候讓蔣先生恢復原形？」

「哦，對不起，」華佗說，「我會盡快研製一種用於恢復原形的回歸劑。」

在回歸劑問世以前，只好委屈蔣幹先生和他的驢同吃同住了。蔣幹的驢認不出主人了，

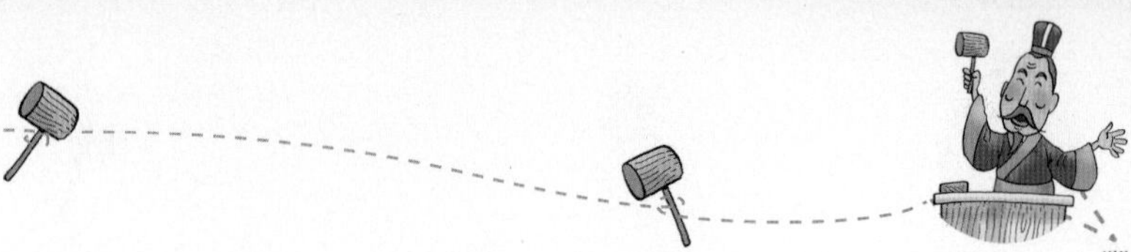

也不照顧蔣幹，總是跟蔣幹搶草料吃。

過了一天又一天。

等到第十天，曹操又去華佗的研究室時，一進門，他被嚇了一大跳。一條丈把長的蟒蛇在桌上盤成一大堆，牠從一個盆子裡舔食著什麼。

曹操剛要拔劍斬蛇，蛇說話了：「曹丞相，別誤會，我是華佗。」

「華醫生嗎？是蟒蛇的基因粉末使您變成這樣？」

「是呀。」

「不過蛇是不會說話的呀？」

「我剛吃了盆裡的回歸劑，先恢復了語言能力……」

「那，」曹操拿起盆子，「我也趕快去讓蔣先生使用回歸劑。」

蛇問曹操：「驢棚裡有兩頭驢，您認得出哪頭是蔣先生嗎？」

「這……」曹操抓耳撓腮了。「請華醫生指教。」

蛇說：「您只要看兩頭驢吃草時，搶得最凶的那頭是真驢，搶不過人

家的那頭是蔣先生。」

「有道理！」曹操走了。

華佗等到全身恢復得沒有一點蟒蛇的痕跡了，就去驢棚看蔣幹。

在驢棚外，華佗聽見曹操對已不再是驢的蔣幹說：「我們以前派去吳國的奸細很容易被發現，現在我們可以利用基因技術，變成驢，變成蛇，變成烏鴉什麼的，在敵人的眼皮子底下刺探情報……」

華佗長嘆一聲，拂袖而去。

華佗又到了蜀國。

在好朋友諸葛亮面前，華佗對他在魏國的遭遇感慨了一番。

正說著，僕人稟報：「吳國特使諸葛瑾先生來訪。」

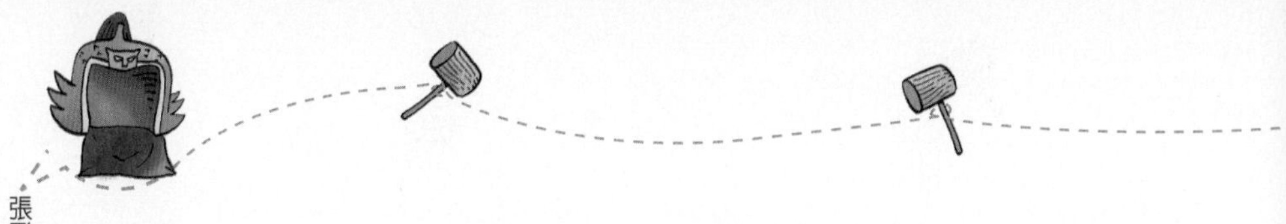

華佗忙對諸葛亮說：「您要處理國家大事，我不便在此，告辭了。」

諸葛亮說：「華醫生不是外人，有何不便。」

於是諸葛瑾進來，一本正經地與弟弟行禮相見。

諸葛亮請諸葛瑾坐下。

諸葛瑾便說：「諸葛亮先生，我這次來是因公出差，咱們先公後私吧！」

「我知道，」諸葛亮說，「您向來是公私分明的，諸葛瑾先生。」

諸葛瑾說：「我們主公想邀請你們主公去吳國會談一次，主要內容是——」

「想談談蜀吳聯手，共同對付曹操，對不對？」

「您怎麼知道？」

「我們主公也早有此意，正想去找你們主公聊聊呢！」

諸葛瑾大喜，沒想到這麼順利就辦完了公事。接下來他趕緊把「您」

換成「你」，親親熱熱地問候起來：你還好吧？我那弟媳婦還好吧？我那外甥和外甥女還好吧？他們功課怎麼樣？考了什麼學校？……

問候完畢，諸葛瑾告辭了。

華佗著急地問諸葛亮：「吳國的邀請明明是別有用心，您怎麼答應了呢？上次他們把劉皇叔請去，在甘露寺埋伏了刀斧手，劉皇叔差點就回不來了。人家準備好了砧板，您就把肉送過去，您怎麼這麼傻呢？」

諸葛亮說：「如果不去，顯得我們主公太膽小，也顯得我諸葛亮太沒能耐啦！」

華佗不以為然，「總不能為了顯您的能耐，把你們主公送去冒險呀！」

「也許，我們主公可以不必親自去吳國？」諸葛亮像在自言自語。

華佗不懂這話是什麼意思。

諸葛亮說：「如果能讓別人變成主公就好了。可惜華醫生只有本事把人變成動物，沒本事把人變成人——把這個人變成那個人。」

諸葛亮知道，華佗正是因為不願為戰爭服務才離開魏國的，所以要說服華佗幫蜀國去對付吳國並不容易，只有用激將法。

激將法果然有效。華佗說：「我可以讓您看看我有沒有把人變成人的本事。說吧！您打算讓誰變成劉備？」

諸葛亮想了想。「張飛吧！」

華佗就請劉備拔下一根頭髮。

從這頭髮裡提取出劉備的基因粉末。再把粉末搓成藥丸。

張飛從華佗手裡接過藥丸，勇敢地吞了下去。

張飛的黑臉開始變白……濃眉開始變細……瞪得圓圓的眼睛開始瞇縫起來……手和耳朵變長了，因為劉備是「雙手過膝，雙耳垂肩」……

不一會兒工夫，張飛完全變了樣。

他對著鏡子照了又照。「行，我就做我大哥的替身吧！我可不怕周瑜的暗算。他們準備好了砧板，可沒想到這塊肉太硬，會把他們的刀崩出口子來的。」

張飛動身前，對諸葛亮說：「軍師，上次趙雲陪大哥去吳國時，你給了他三個錦囊，裡邊藏著三條妙計，保證他們平安歸來。這次我去吳國，你也不能讓我吃虧。」

諸葛亮說：「我也給你三個錦囊吧！到了吳國，先拆第一個錦囊。」

張飛喜歡養鴿子，他帶了一隻王牌鴿子順便去吳國放飛。

變成劉備的張飛到了吳國。

魯肅前來迎接，驚奇道：「皇叔這次怎麼沒帶趙子龍？」

假劉備說：「上次我膽子太小了。這次把膽子練大了一些，就不需要保鏢了。」

魯肅說：「明天中午，還是在甘露寺，我們主公和周都督將在宴會上歡迎皇叔的到來。」

魯肅走後，張飛拆開第一個錦囊。只見一張紙條上寫著：

請將關於宴會的情報讓鴿子帶回。

張飛便寫了宴會的時間、地點，將函縛在鴿子腳上。鴿子飛回蜀國去了。

第二天中午。

孫權和周瑜早早來到甘露寺。

孫權問周瑜：「都安排好了嗎？」

周瑜說：「本來以為趙雲會來的，做了特別布置。沒想到趙雲沒來，只好用牛刀殺雞了。」

「有什麼特別布置？」

「我們用特殊木料做了兩把椅子。這種木料的特點，一是重，二是黏。椅子被坐了一個時辰後，就會因為臀部的熱量而分泌出黏汁，從而將

椅子上的人牢牢黏住。您想，趙雲身後如果黏著一把笨重的椅子，他的戰鬥力肯定會大打折扣。」

「廊下還埋伏五百刀斧手嗎？」

「太多了，對付一個劉備，五十個人足夠了吧！」

張飛來到甘露寺後，先上了趟廁所。

到這裡是為了拆開第二個錦囊……

從廁所出來，他遇見周瑜。

「皇叔，這邊請！」周瑜便請假劉備坐在用特殊木料做成的椅子上。

張飛對周瑜說：「你能不能滿足我一個要求？」

「皇叔儘管開口。」

按第二個錦囊裡寫的，張飛說：「我希望得到四副鎧甲。」

周瑜心裡暗暗好笑：劉備呀劉備，你以為多穿幾層鎧甲，就能擋住我

的刀斧了嗎？

但他臉上卻是慷慨極了的表情：「沒問題，馬上給您送到。」

四副鎧甲很快送來了。

但使周瑜詫異的是，劉備並沒穿起這些鎧甲，而是把它們放在桌前。

這時侍者給所有的酒杯斟上酒。

孫權提議：「為吳蜀兩國牢不可破的友誼乾杯！」

所有的酒杯舉了起來。

周瑜的酒杯負有重任，等到那把特殊椅子分泌出黏液黏住「劉備」時，這隻杯子就會「噹！」的一聲摔到地上，五十個刀斧手就會衝出來……

美酒一杯一杯地消耗掉，時間一分一分地過去……

像母雞孵小雞一樣，張飛快要孵出黏液時，情況發生了變化。

一小群鴿子從西邊飛來。牠們一共四隻。

鴿子們到了甘露寺上空，開始向下俯衝。

張飛攥著一隻拳頭，他已做好準備。

等到鴿子飛到他面前，他猛地將拳頭張開——他掌中有四粒餵鴿子的白小米。

其實這不是小米，而是小米形狀的回歸劑，裝在第二個錦囊裡的。

四隻鴿子吃了張飛掌中的回歸劑，頓時褪去羽毛，恢復成人——他們原是蜀國五虎將中的關羽、趙雲、馬超、黃忠。

四位虎將匆匆穿上鎧甲，問張飛：「那些刀斧手呢？」

張飛愣了愣，說：「還沒摔杯為號，刀斧手還埋伏著呢！」

張飛忽然靈機一動，「咱們何必等別人摔杯子呢！」

「噹！」的一聲，張飛將自己的酒杯摔到地上。

五十個刀斧手立刻從廊下衝了出來！

四位虎將一見這陣勢，全都搖頭嘆氣。

關羽皺著眉說：「軍師派咱們來支援三將軍，我以為周瑜埋伏了千軍萬馬，誰知只有這幾個送死鬼。你們幾位對付對付算了，我懶得動手！」

可是另外幾位也不願上前，都是嫌對手太弱，沒勁。

張飛建議：「你們幾個猜拳決定吧！」

四位虎將便開始猜拳。五十個刀斧手好奇地看他們猜拳。

經過猜拳，終於選出一個運氣最差的黃忠。

老將黃忠便勉勉強強地迎向刀斧手，把他們一個一個扔下山去。

黃忠扔出第五十個刀斧手時，張飛來拆第三個錦囊。

錦囊裡的紙條上寫著：

各位虎將仍變作鴿子飛回。

張飛又從這錦囊裡掏出五粒「黑小米」，分給眾虎將一人一粒，多出

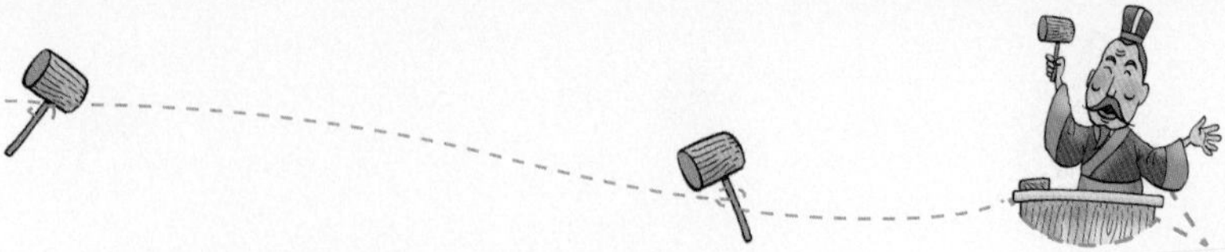

的一粒扔掉了。

關、趙、馬、黃的身上又長出羽毛……

張飛望著四隻鴿子飛上天空，漸漸沒影了。

他想站起來目送戰友們，這才覺得不對勁——那把特殊的椅子已經牢牢地黏在他的屁股上了。

他忽然想到：「黑小米」並不多，他是把該留給自己的一粒扔掉了！

那粒像是黑小米的基因藥丸竟不偏不倚地落進了周瑜的酒杯。

周瑜眼看這次的計謀又將落空，他長嘆一聲，將滿杯苦酒一飲而盡。

他覺得酒精使人暈眩，使人飄飄欲仙……

「怎麼回事？我真的飛起來了？」在空中，周瑜被嚇得醉意全無。

這時，甘露寺的山上山下，大家驚惶失措地到處尋找著突然失蹤的周瑜，沒人注意那個屁股上黏著椅子的假劉備趁機溜走了。

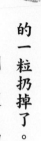

周瑜思索再三，決定飛往蜀國。

「有什麼辦法，只有在蜀國才能找到回歸劑，才能不再當一隻流浪的鴿子……」

三角人情債

「都督！都督！」

魯肅興沖沖跑進來。

周瑜問魯肅：「天上掉餡餅了嗎？」

「沒掉餡餅，」魯肅說，「天上下雪了！好久沒下雪啦！」

周瑜和魯肅出門看下雪。

雪花如玉蝶紛飛，美極了。喜歡音樂的周瑜來了興致，他哼哼著，說：「我想作首曲子。」

魯肅說：「就叫〈雪中吟〉吧！」

周瑜說：「這曲子是哼出來的，可以叫〈雪中哼〉。」

〈雪中哼〉作好了，周瑜又說：「我希望這雪下大一點，我們可以堆個雪人。」

雪很聽話，果然下大了。周瑜和魯肅就用積起的雪堆雪人。

周瑜對魯肅說：「子敬，你知道這個雪人應該堆得像誰嗎？」

魯肅說：「像你。」

「不對。」

「像我？」

「也不對。」周瑜說，「應該像諸葛亮。」

他們就堆起一個很像諸葛亮的雪人。

雪人堆好了，周瑜又吩咐魯肅準備一些雪球。

周瑜拋出雪球打雪人。因為他恨諸葛亮，打雪人使他得到發洩。可惜他是近視眼，很多雪球都打到魯肅身上去了。

在他們堆雪人、打雪人的時候，雪還在不停地下，越下越大了。

周瑜和魯肅的半個身體都被埋在雪地裡了，他們自己也成了雪人……

蜀國。

熟知天文地理的諸葛亮，此時的神情十分嚴肅。

他對張飛說：「吳國氣候反常，發生了百年未遇的雪災，大雪吞沒了一切。」

張飛問：「我們該做些什麼？」

「三將軍，你得把飛雞開到吳國去……」

張飛立即出發。

飛雞越過邊界，進入吳國領空。

張飛記住軍師的囑咐：「那裡氣溫太低，注意別碰到雲彩，否則飛雞會被凍。」

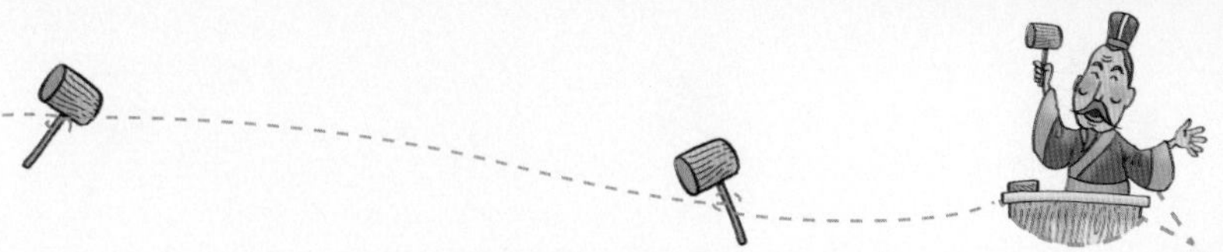

飛雞上裝了一些黑粉，這是有用的催化劑。

這時大雪已經埋沒了周瑜和魯肅的身體，雪地上只見兩個人頭在對話。

魯肅說：「蜀國的飛雞來了。」

周瑜說：「在撒什麼粉，我原以為它是來扔包子的。」

張飛把黑粉撒到雲上，在雲的內部引起化學作用。

「怎麼回事?!」周瑜大叫，「雪已經成災了，又下起雨來啦！」

「不過奇怪的是，」魯肅說，「這雨是熱的……」

熱雨澆到雪上，使雪慢慢融化……

到魯肅可以轉身的時候，他對周瑜說：「都督您看，雪地裡有兩隻耳朵。」

周瑜看見動物的耳朵。「是兔耳朵吧！」

魯肅說：「好像是驢耳朵。」

雪又融化了一會兒，現出驢主人的尊顏。

魯肅驚呼：「是蔣幹！」

周瑜便招呼蔣幹：「子翼兄，你怎麼在這裡？」

蔣幹說：「我受曹丞相差遣，前來吳國求援，沒想到被大雪埋住了。」

周瑜說：「我們自己

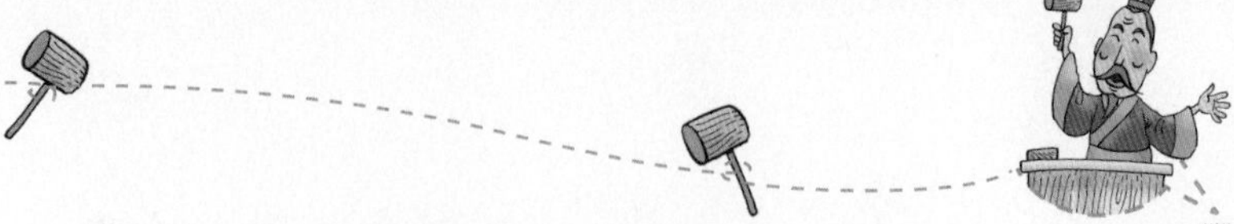

還沒完全解困呢，還能援助你們？你們那兒怎麼啦？」

「北方又大旱啦！」蔣幹嘆道。「莊稼沒水不能生長，想到吳國引水灌溉呢！」

要是平時遇見這情況，周瑜要跟魏國好好談談條件的。但現在周瑜巴不得別人把吳國過多的雪水引走。

周瑜和魯肅幫著蔣幹把驢從雪裡發掘出來。周瑜對蔣幹說：「你們快動手引水吧！記住了，這回不收你們錢，但你們欠我們大大一個人情哦！」

於是，吳國的雪水救活了魏國的莊稼。

這天，蔣幹一邊吃著烤土豆（土豆：即「馬鈴薯」），一邊看著一架飛行器來自天邊。

蜀將張飛從降落的飛雞裡走出。

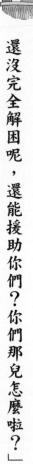

蔣幹問道：「張將軍到此，有何公幹？」

張飛盯著蔣幹手裡的土豆說：「這土豆好香。」

蔣幹就要把吃剩的土豆送給張飛。

張飛說：「我是想要你們的土豆，但一個半個的可不夠。」

原來，蜀國最近流行一種怪病，叫「土豆症」，患者不分男女，急劇脫髮，到最後腦袋光溜溜的都跟土豆一樣。

神醫華佗診斷道：「你們知道有種『以毒攻毒』的說法嗎？要治土豆症，就得吃土豆。不過不是蜀國的土豆。能治土豆症的土豆長在魏國。」

所以張飛到魏國買土豆來了。

蔣幹一聽此情，趕緊領著張飛去見曹操。

曹操讓張飛脫下帽子，仔細看了張飛的頭。

曹操叫張飛戴上帽子，然後立刻作了一首詩：

蜀國人頭像土豆，
魏國土豆治人頭。
人頭應該像人頭，
人頭不該像土豆。

曹操對張飛道：「本來今年受旱，土豆眼看也要歉收。多虧吳國無私送水，莊稼才都保住了。所以魏國的土豆也要無私地支援蜀國，不收一個錢。」

張飛連聲感謝。

曹操叫人給飛雞裝滿土豆，「不夠再來裝！」……

蜀國人的頭髮於是長得像魏國的莊稼一樣好了。

一年過去，很快又要過年了。

曹操跟蔣幹商量道：「人家吳國支援了咱們，眼看要過年了，咱們得送點東西過去表表心意吧！」

蔣幹說：「應該如此，應該如此。」

曹操問：「那你說，咱們送什麼好呢？」

蔣幹拍著腦袋苦思冥想。

曹操說：「拍得重一點！」

蔣幹一記重拍，拍出主意來了。「丞相，咱們今年開發出來的生化武器系列，可以送一種給吳國。」

「送哪一種呢？」

「就送舞蹈蠍子吧！」

不是蠍子會舞蹈，而是被這蠍子螫過的人，會不停地手舞足蹈。

曹操同意了，他覺得這蠍子也許能給

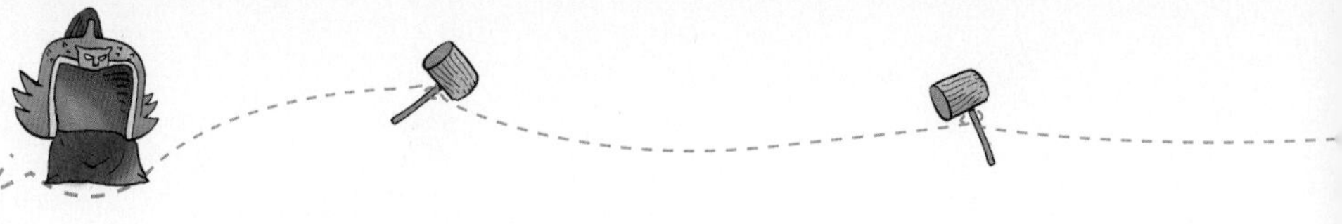

吳國帶來快樂。

蔣幹就趕緊騎上毛驢去吳國送蠍子。

魏國給吳國送蠍子的事傳到了蜀國。

「那，」劉備沉著臉問探子，「吳國有沒有接受魏國的禮物？」

探子說：「接受了。」

劉備就很生氣了。「吳國想拿這種惡劣的生化武器對付誰呢？這武器是魏國送的，吳國不會用它去對付魏國吧？」

關羽和張飛都說：「不會。」

「那就是想對付我們蜀國了。整個吳國埋在雪裡的時候，是我們幫他們消除了雪災，他們卻用蠍子來對付我們，這算什麼？」

「過河拆橋。」

「恩將仇報！」

劉備說：「既然吳國把我們當成了敵人，我們也不能不做些準備了。什麼動物是吃蠍子的？……」

這時，吳國也在考慮送禮的事。

周瑜對魯肅說：「咱們欠了蜀國的人情債，如果不還，讓人恥笑。」

魯肅說：「應該還的。」

周瑜說：「魏國送了我們舞蹈蠍子，我們該送蜀國什麼呢？我們今年培育了一種地雷瓜，青的時候摘下來，慢慢變黃，等到成熟那一天就會爆炸，砰！黏呼呼的濺人一臉一身，是不是很好玩？」

「嗯……不好玩。」

「不管好不好玩，總算一個意思，以後再不欠他們的情了。」

曹操聽說吳國把地雷瓜送給蜀國，很不高興。

「他們的腦袋不再像土豆了，就忘了我們送的土豆？他們想把地雷瓜扔過來，炸得我們滿臉開花？」

「蜀國想跟我們打仗嗎？」曹操對蔣幹說。

蔣幹說：「現在地雷瓜還沒成熟，等成熟了才會爆炸。」

曹操說：「看來我們要在地雷瓜成熟以前進攻蜀國。先下手為強，後下手遭殃。」

三國間的火藥味越來越濃，戰爭一觸即發。

諸葛亮對劉備說：「主公，魏國的土豆治好了我們的土豆症，新年快到了，我們得向人家表示一下。」

劉備說：「送什麼呢？要不，把吳國送來的地雷瓜再送給魏國？」

諸葛亮說：「不一定要送物質禮品，我準備了一點精神禮品，主公以為如何？」

「什麼精神禮品？」

「我用周瑜作的曲子〈雪中哼〉填了詞，咱們送首歌給魏國，怎麼樣？」

「先生你快唱唱！」

劉備打著拍子，諸葛亮便娓娓唱起：

舞刀剁肉丸，
放炮賀新年。
打鼓不打仗，
你平我也安。

這首歌後來傳遍魏、蜀、吳，三國間整整一年沒打仗。

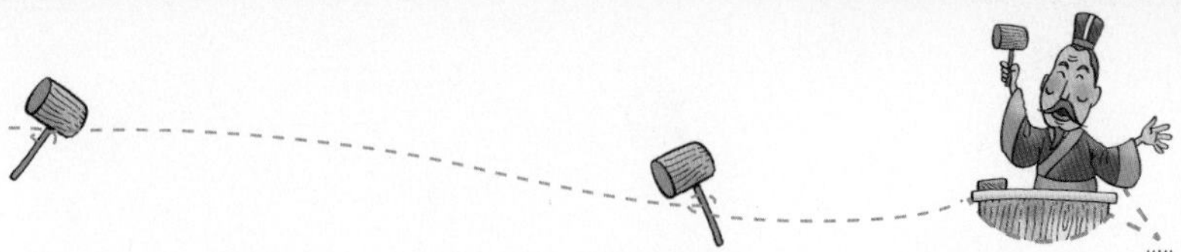

輪椅大塞車

輪椅的前身是諸葛亮的四輪小車。

打仗時，敵將正慌忙尋路，只聽一聲炮響，前方推出一輛小車。車上坐著的諸葛亮綸巾鶴氅，羽扇輕搖，驚得敵將目瞪口呆。坐這車不為了代步，主要起到一種威懾作用。

有一天，諸葛亮去看望岳父黃承彥，見岳父舉止遲緩，步履維艱。

「岳父您怎麼了？」諸葛亮關心地問道。

黃承彥說：「沒什麼，關節炎發作的時候就這樣，不發作的時候又好一點。」

諸葛亮想了想，「我給您做個輪椅吧！」

「有輪的椅子？」

「這樣可以使您行動方便些。」

諸葛亮便將四輪車改造了一下，改成兩輪的。不再用人推，而是像木牛流馬那樣裝上機關，可以自行馳驅。

黃承彥坐上輪椅，走東到西一溜煙，神氣極了。這以後，他關節炎發作的時候坐輪椅，關節炎不發作的時候也離不開輪椅了。

周瑜已有好長時間沒出什麼發明成果了。

一個聰明人如果不經常出點成果，別人會懷疑他的聰明是不是很有限，是不是用完了。所以周瑜很焦躁，很不安。

他的腦子很亂，他對魯肅說：「我有好幾天吃不下飯睡不著覺。我要一個創造靈感，可它就是躲在頭腦深處，不肯出來。」

魯肅嘟噥道：「也許這個靈感根本不在您的裡面，而在外面的什麼地方？」

周瑜剛要發火，轉念一想，

「你說的似乎有些道理。你就替我去民間找一找。這靈感也許還停留在一個粗糙的狀態，我拿來加工一下，修改一下，提高一下，就能成為我的一個很像樣的成果啦！」

魯肅答應著跑了出去。

魯肅跑回來的時候，對周瑜說：「我找到一個靈感，不過不知道它的狀態算不算粗糙的。」

周瑜說：「只要是能夠加工的東西，都可以被認為是粗糙的。」

魯肅又問：「這不是在咱們本國找到的，外國的行不行？」

周瑜很高興，「外國的更合適啦！這樣可以直接加工，別管誰同意不同意啦。你快說說，是個什麼玩藝兒？」

魯肅便把他聽說的有關輪椅的資訊告訴了周瑜。

周瑜非常滿意。「我得立刻去一趟蜀國。」

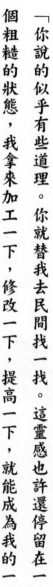

蜀國的魚腹浦。黃承彥長年在這兒研究他女婿布下的八陣圖。

周瑜騎著馬闖進了八陣圖。

這裡雖然看起來只是一堆堆亂石，其實很有講究。諸葛亮布成的八陣圖中設有休、生、傷、杜、景、死、驚、開八個門，不識此陣的人亂闖一氣，必然會迷失陣中，進得去出不來。

周瑜不識八陣圖，他隨便進了一個陣門。

他進的正是死門。一霎時狂風大作，飛沙走石，天地昏暗，不辨

東西。

但周瑜卻不害怕，因為他聽說曾有些遊客誤入陣中，都被黃承彥救出了。

周瑜正要會一會黃承彥。

果然，狂風颳了沒一會兒，便有一位老人坐著一種奇怪的交通工具飛快地駛來。

周瑜趕緊從馬背上滾下，跌坐在地。

老人來到跟前，關心地問周瑜：「小夥子，跌壞了沒有？」

周瑜說：「可能骨頭斷了一兩根，不能騎馬了。」

黃承彥道：「那你就坐我的輪椅吧！」

黃承彥將周瑜扶上輪椅，並教他怎樣操縱。

於是，黃承彥牽馬在前，周瑜駕車在後，迂迴曲折地出了八陣圖。

周瑜說：「老先生，我把我的馬押在您這兒，我回去以後立刻叫人把您的輪椅送來。」

說完，他也不等黃承彥說什麼，趕緊用最快速度將輪椅開走了。

回到吳國，周瑜立即對輪椅進行了加工、修改、提高。

他把原來的雙輪單椅改成了四輪三椅——前排兩小椅，後排一大椅。

周瑜讓他的家人坐在經過他二度創造的輪椅上周遊全國，

使吳國的每個家庭都擁有了……還不是輪椅，是輪椅夢。

魯肅跑來興奮地告訴周瑜：「您成功了，很多人都想買一輛輪椅呢！」

周瑜說：「很好。但輪椅不能賣得太便宜了，輪椅應該成為富人的標誌。」

第二天，周瑜便將他要宣導的新概念寫在他的輪椅上：

想做富人不能沒有輪椅！

於是，想顯示自己是富人的人買了輪椅。

想否認自己是窮人的人也買了輪椅——他們賣了房子，全家人就住在輪椅裡。

大街上輪椅越來越多了。

一天，周瑜收到一張請柬，有位朋友請他去吃飯。

這家飯店離周瑜住的地方不算很遠，穿過三條街就到了。

但以周瑜的身分，他不能走路去赴宴，必須開輪椅去。

周瑜開著輪椅出發了。

由於路上輪椅太多，塞車塞得厲害。周瑜的輪椅剛剛穿過第一條街的時候，如果是步行他已經可以到達飯店了。

周瑜耐心地等待著輪椅的長龍緩緩向前移動，一邊對自己說：「反正我不到他們不會開席的。」

好容易穿過第三條街，來到飯店門口了。

但周瑜找不到停放輪椅的地方。飯店的工作人員抱歉地對周瑜說：「對不起，先生，輪椅太多，飯店附近已經沒有停放的位子了。」

「那怎麼辦？」周瑜很生氣，「我就把輪椅停在路上嗎？」

「當然不行。」

「我就不吃這頓飯了，餓著肚子回去？」

「也不合適。總有辦法的吧！據我知道，離這兒三條街，還有個可以停放輪椅的地方，您早點趕去，也許還能搶到位子。」

「那是什麼地方？」

「那是都督府啊！」

周瑜要昏倒。但他顧不得昏倒，要是晚了一點，就連這個會讓他昏倒的位子都搶不到了。

可憐的周瑜只好掉轉方向，又緩緩移動了三條街，才把輪椅停到了他出發的地方，他的家門口。然後他再回頭穿過三條街，走向那家飯店。

周瑜的那位朋友早已等在飯店門口，問周瑜：「您是步行來的嗎？」

周瑜理直氣壯地說：「當然是開輪椅來的，我是去……」

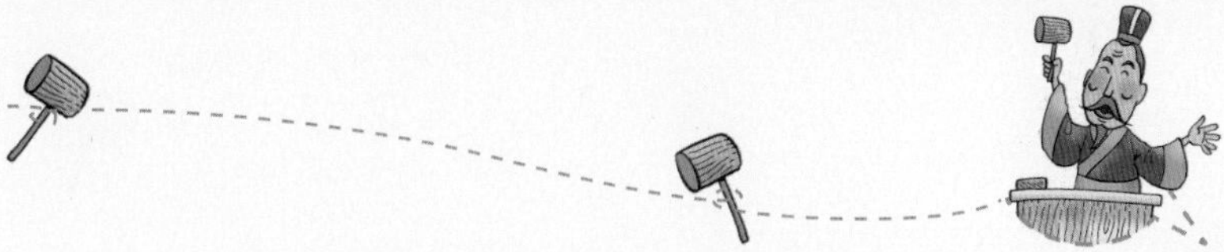

耽誤了吃飯還是小事，有時候還會耽誤大事。

一次孫權通知召開緊急會議，身為大都督的周瑜遲到了。

孫權大發雷霆：「公謹阿公謹，你辜負了我對你的信任！」

「對不起，主公，」周瑜惶恐地解釋，「塞車，沒辦法。」

「你知道我們的國家和人民已經到了怎樣的一個關頭？」

「不知道。怎樣的關頭？」

原來，吳國的輪椅熱很快波及魏國。

曹操對蔣幹說：「比起馬來，輪椅更快，更平穩，真是個好東西。」

蔣幹說：「是啊，丞相要不要弄一輛開開？」

曹操說：「我是想，為了對咱們打仗有利，能不能製造一種武裝輪椅？」

「您是說，輪椅上配備弓箭手？」

「是不是再包上鐵殼，能攻又能守？」……

他們說幹就幹，武裝輪椅很快研製成功。

孫權說：「曹操要利用武裝輪椅發動閃電戰，計畫三天內拿下吳國。」

周瑜吃驚道：「這閃電戰已經發動了嗎？」

「昨天已經發動了。」

「他們現在推進到了

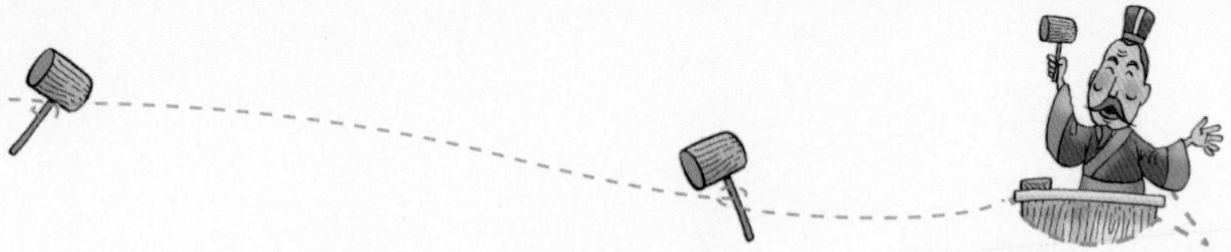

哪兒？」

「我已經派人去偵察了。」

「派的人，是開輪椅去的嗎？」

「是啊！」

周瑜想到外面塞車的情景，擔心道：「恐怕會誤事。」

他們心急火燎地等阿等，派去偵察的輪椅就是不見回返。

閒著也是閒著，孫權和周瑜等開始討論：萬一曹操占領了吳國，我們怎樣向占領軍展開鬥爭？是用遊擊戰呢？還是用自殺式襲擊？

大家先提出了五種方案……

在討論第九十七種方案時，偵察人員回來了。

周瑜問偵察人員：「魏軍推進到了哪兒？」

偵察人員回答：「他們回去了。」

「什麼，你再說一遍！」

「他們回去了。」

「為什麼？」

「塞車塞得厲害，他們的輪椅過不來，只好回去了。」

周瑜信箱

魯肅今天上班遲到了，還打著呵欠，這是很少有的。

周瑜不滿地問魯肅：「怎麼回事？」

「不好意思，」魯肅說，「昨夜睡得晚了。」

「為什麼睡得晚？」

「在寫信，寫一封很長的信。」

「給誰寫信？」周瑜追問。

「給諸葛亮。」

「什麼？」周瑜吃驚了，「為什麼給他寫信？」

魯肅說：「都督您不知道？諸葛亮覺得自己智力過剩，過剩的智力浪費了挺可惜，他就開了個『諸葛亮信箱』，為天下人排憂解難。誰有任何心理上、生理上的問題，工作上、生活上的難處，都可以寫信請教諸葛先生，他能做到每信必覆。」

周瑜問魯肅：「你的問題是心理上的還是生理上的？」

「心理上的。我做了個夢，夢見都督您變成了怪獸，您伸出長長的舌頭舔我的……」

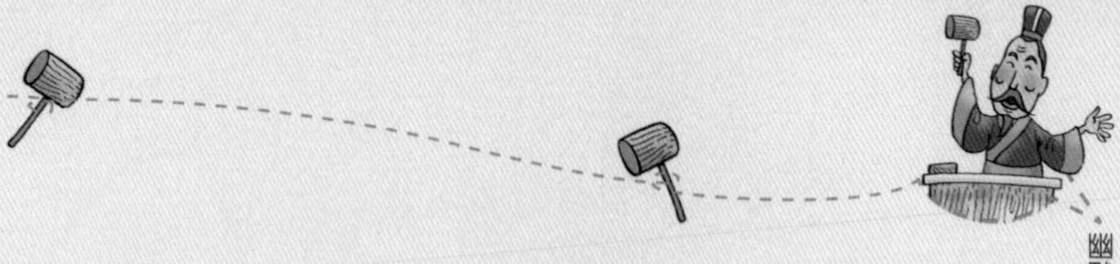

「什麼？」

魯肅不好意思地說：「腳。」

周瑜勃然大怒：「我這樣下賤嗎？我這樣不講衛生嗎？」

魯肅說：「這只是一個夢，一個無法解釋的夢，所以我才想聽聽諸葛先生的看法。」

「你就不想聽聽我的看法嗎？」

「不想。因為我猜到您會說：『我這樣下賤嗎？我這樣不講衛生嗎？』」

周瑜嘟噥道：「其實我也可以開一個『周瑜信箱』，訪問量未必比諸葛亮少……」

周瑜立刻找木匠做了個信箱，掛在都督府門外。因為考慮到諸葛亮的訪問量是每天三百封信，所以周瑜的這個信箱就不能做得太小，它至少可以裝五百封信。

但「周瑜信箱」開設了三天，竟然一封來信也沒收到。

夫人小喬可憐周瑜，她除了要求自己每天給丈夫寫一封信，還動員姐姐大喬、爸爸老喬也給周瑜寫信。

大喬問妹妹：「我該寫什麼？」

小喬說：「可以問些問題，不要太難的。比如，母雞會不會報曉？公雞會不會生蛋？蟑螂是不是鳥類？麻雀是不是昆蟲？等等等等。」

周瑜問魯肅：「你知道我開了信箱嗎？」

魯肅說：「知道。」

「怎麼沒見你給我寫信？」

「我們天天見面，寫信是不是挺彆扭？」

周瑜鼓勵魯肅：「如果你覺得難為情的話，可以用個化名，比如叫

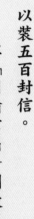

『魚日』，把你的姓拆成兩個字。」

「魚日？」

「這樣你就可以明目張膽地寫信，我就不知道這信是你魯肅寫的啦！」

周瑜信箱裡的信漸漸多了起來。

這一天，信箱裡的信已經多達四封。

周瑜高興地檢查信箱：

「這是夫人寫的信。這是大姨子寫的。這是老丈人寫的。這第四封信是誰寄來的？」

信封落款處寫著「魚日」二字。

周瑜覺得這個名字挺熟悉，好像前幾天還提起過。

「哈，」他恍然大悟，「此乃魯肅這個傢伙的化名是也！」

周瑜又細看信封，發現有點不對勁——這信怎麼是從魏國寄來的？

魯肅不可能跑到魏國去寄信。

「不過，魯肅在魏國會有親戚吧？他既然用化名，便是不想讓我知道信是他寫的。既然不想讓我知道信是誰寫的，他為什麼不能狡猾一下，讓他的魏國親戚幫著把信兜個圈子，好故弄玄虛？」

周瑜經過細密的推理，確定了自己的猜測。

接下來要開始讀信了。

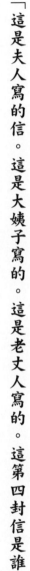

周叔叔您好。

我的吳國親戚告訴我，您開了這個幫人排憂解難的信箱。

我家住在魏國農村。不但是農村，還是山區。不但是山區，我家兄弟姐妹還特別多。所以我家特別窮，特別需要幫助。我決定去您那兒打工，因為我知道如果去別的地方，那裡的人是不會幫助我的。我的吳國親戚家裡住得很擠，但他說您家裡會比他家裡寬敞一些，我住在您家裡不是沒有可能的。如果周叔叔您真心願意幫助我，請給我回信吧！

祝您信箱裡的信越來越多

魚日

周瑜哈哈大笑。他對自己說，你別瞧魯肅老實巴交的樣兒，他還有點幽默感呢！

但周瑜笑過之後，將信再讀一遍，心裡未免嘀咕：這真是魯肅開的玩笑嗎？

周瑜要對魯肅考察一番。

他問魯肅：「子敬，你在魏國有沒有親戚？」

魯肅說：「沒有。」

「真的沒有嗎？」

「真的沒有。」

周瑜開導魯肅：「你承認了在魏國有親戚，我也不會定你『裡通外國』的罪名。你瞧諸葛瑾，他弟弟諸葛亮是蜀國的軍師，但諸葛瑾仍然在吳國被重用。——怎麼樣，承認了吧？」

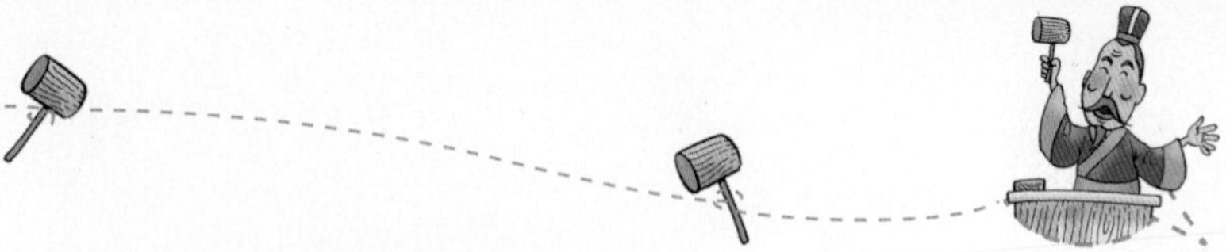

可是魯肅堅韌頑強：「不承認！」

周瑜想：魯肅越不承認，越說明他心裡有鬼。這封捉弄人的信一定是他寫的了。

既然魯肅寫信捉弄周瑜，周瑜就要回一封反捉弄的信了。

魚日你好。

謝謝你給了我一個可以幫助別人的機會。我們這裡的市面不大景氣，很難找到打工的位子。但是請你放心，我會把我的工作讓給你做，誰讓我幫助別人幫上癮了呢！

你不僅可以跟我同住一間屋，還可以跟我同睡一張床，誰讓我一天不幫助人就一夜睡不著覺呢！

你的周叔叔

寫完信，周瑜叫來魯肅，把信遞給他。

魯肅看看信封，說：「是寄到魏國的呢，您也不怕攬上『裡通外國』的罪名？」

周瑜大笑。

他以為這場玩笑到此結束了。

誰知道，好戲才剛剛開始。

幾天後，魯肅把一個背著鋪蓋的鄉村少年帶到周瑜面前。

「他是誰？」周

瑜愕然。

魯肅道：「他說他是來找周叔叔的。」

「周叔叔，」少年向周瑜介紹自己，「俺從魏國來，俺叫魚日。」說著他從懷裡掏出一封皺巴巴的信，信上是周瑜的筆跡。

周瑜這才意識到事情嚴重了。

「你，你怎麼會叫這個名字？！」

少年說：「俺姓魚。」

魯肅說：「《百家姓》上有這個姓的。」

少年又說：「俺娘生俺的時候，日頭剛剛出來，所以就叫俺『魚日』。俺娘生俺大姐的時候，月牙兒像個鉤子一樣——」

「所以你姐叫『魚月』？」周瑜問。

「不，她叫『魚鉤』。俺娘生俺二姐的時候……」

「行了行了！」周瑜不耐煩了，「我還要工作，沒空管你二姐、三姐

是什麼時候生的了。」

「您還要工作？」魯肅對周瑜道，「我聽魚日說，您已答應把您的工作讓給他了。」

「哦，這……」周瑜抓耳撓腮。「子敬啊，你覺得讓這樣一個山村的孩子擔任吳國大都督，掌管六郡八十一州兵馬，合適嗎？」

周瑜想好了，只要魯肅回答「不合適」，他就可以對魚日說：我很情願把工作讓給你，但大家不同意，我也沒辦法。

可是周瑜沒想到老實人魯肅是這樣回答的：「我雖然覺得讓魚日當都督不一定合適，可一個人的誠信是很重要的，您既然答應了人家，說話就該算話。魚日當都督，如果當得好，就讓他當下去；當不好，我們再幫他找工作。」

周瑜沒話可說了。

不過周瑜心裡還是有底的。都督這份工不是

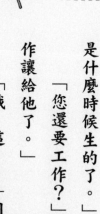

那麼好打的。不出一兩天，這個只見過日頭和月牙的少年就得打退堂鼓，肯定的。

當天晚上。

周瑜囁嚅地跟小喬商量：「今天晚上，有個孩子，要跟我睡一張床……」

小喬警惕起來，「這孩子也許是你的私生子吧？」

他們正在審問和辯解，魯肅來了。

「都督啊——哦，我忘了，您已經不是都督了。不過我還是要告訴您，魚日都督今天晚上不會跟您睡一張床了。」

周瑜大喜：「這真是好消息！」

「您聽我說完，」魯肅繼續道，「魚日已經親自帶兵，連夜出發了。」

「他去哪兒？」

「是去魏國。」

魏國，丞相府。

半夜裡曹操被蔣幹叫醒。

「丞相，有緊急情況！」

「什麼情況？」

「一支吳國軍隊越過了魏吳邊境。」

身經百戰的曹操臨危不亂。「別慌，先誘敵深入，然後我親自率軍給他來個『包餃子』。」

周瑜一夜沒合眼，等著來自魏國的消息。

天亮的時候，魯肅又跑來了。

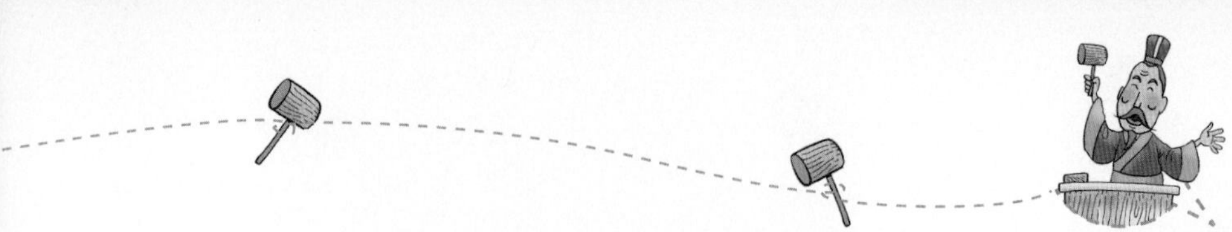

「怎麼樣了？」周瑜焦急地問，「我們的隊伍被消滅了嗎？」

「您別急。」魯肅不慌不忙地敘述。「我們的隊伍進入魏國後，一路沒遇到阻攔。他們來到一個山村，立即開始收割麥子。」

「割麥子？他們帶鐮刀了嗎？」

「沒帶鐮刀，就用軍刀。正割著，他們被曹操帶來的人馬包圍了。」

「糟了！」

「但曹操很沉得住氣，先不動手，冷眼旁觀。他想等這些來搶糧的吳軍割完麥子，體力消耗得差不多了，他們再來打個輕輕鬆鬆的殲滅戰。但吳軍割完麥子後，沒要一棵麥子，他們擦擦汗水就要離開，這可把曹操弄懵了。」

周瑜問魯肅：「你知道那小子為什麼要帶著軍隊去收麥子？」

魯肅說：「魚日那村裡的青年男女都外出打工去了，麥子熟了，老的老、小的小，無力收割，魚日就借用了軍隊。」

「這麼說，我們的隊伍會平安返回，曹操沒把他們怎麼樣？」

「不但沒把他們怎麼樣，吳國軍隊幫魏國百姓割了麥子，曹操還要送面錦旗表示感謝呢！說實話，魏吳兩國、兩軍的關係還從未像今天這般融洽。」

「那，」周瑜有點擔心，「魚日當都督，會不會繼續當下去？」

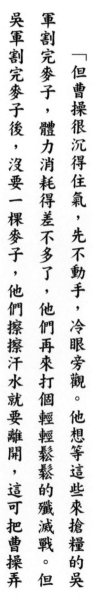

魯肅告訴周瑜：「我發現您的那個大信箱已經塞滿了，恐怕都是來信想當都督的。」

赤壁文物拍賣會

巡迴行醫的華佗醫生又到了蜀國。

一到蜀國他就去找好朋友諸葛亮。

「諸葛先生啊，」華佗說，「我剛從魏國來。我想跟您談談戰爭孤兒的事。」

諸葛亮問華佗：「您遇到許多戰爭孤兒了吧？」

「是啊！赤壁大戰中陣亡最多的是魏國士兵，他們的家庭失去了頂梁柱，他們的孩子缺衣少食。除了給他們免費治療以外，我還想讓他們得到更多的幫助。先生您既有同情心又有高智商，您一定能想出好辦法來

的。」

諸葛亮搖起他的鵝毛扇。

華佗知道，如果扇子搖到第三下還搖不出辦法來，那就不是諸葛亮了。

果然，諸葛亮的扇子沒搖第四下。「有辦法了。這些孩子既然是因為赤壁而受苦，那就還讓赤壁來幫助他們。」

華佗說：「我聽不懂。」

諸葛亮說：「我的意思是，我們可以舉辦一個赤壁文物拍賣會，用拍賣所得來幫助戰爭孤兒。」

華佗問：「您估計那些文物能拍賣到多少錢？」

諸葛亮反問：「您估計說明那些孤兒需要多少錢？」

華佗說：「大概需要十萬兩銀子。」

「那就一定能達到這個數字。」諸葛亮很有信心地答道。

「那，拍賣會在哪兒進行呢？」

「在吳國比較合適。因為仗是在吳國打的，留在那兒的文物比較多。」

諸葛亮開著飛雞跟華佗一起前往吳國。

到了吳國，他們去找周瑜。

華佗按照諸葛亮的建議，請周瑜來主持這場大型慈善活動。

周瑜覺得很有面子，高興地說：「那我們要多請些嘉賓，辦得熱鬧一點。」

華佗說：「那些有關的文物，事先得準備好。」

諸葛亮說：「周都督當時用來調兵遣將的令箭，可以算作文物的。」

周瑜說：「諸葛先生借東風時用過的法劍、穿過的道袍，也可以拿出來賣幾個錢的。」

華佗說：「燒過的戰船，也有收藏價值的吧？」

「那得有很大的客廳才能收藏這船呢！」諸葛亮說，「戰船的遺骸，揀較為完整的保留一兩艘也就夠了。剩下那些支離破碎的，可以用焦黑的木板雕刻成許多微型戰船，不是挺好的紀念品？」

周瑜說：「我還得去聯繫我那位老同學蔣幹，他從我這兒盜走的那封假信不知還在不在。這也是赤壁之戰的重要一計，一封信折了曹營兩員大將呢！」

開拍賣會那天，來了許多有名的人，有錢的人。

蔣幹帶著那封假信來了。

和蔣幹一起來的還有那場大戰的另一位重要人物曹操。

曹操一進場就東張西望。

蔣幹對曹操說：「諸葛亮坐在那兒呢。華醫生也來了。」

曹操嘟噥道：「我不是找他們，我在找一樣東西……」

周瑜上了台。

「諸位，為幫助赤壁之戰陣亡將士家屬，我們組織了這次拍賣會。儘管受益者主要集中在魏國，吳國人還是表現出極大的熱情——如果主要是吳國受益，那就意味著我們成了慘敗的一方，我們的情緒就不會這麼高漲了。我們希望通過這次活動籌集到足夠的資金，能讓那些孤兒臉上的顏色好看一點。下面就開始拍賣吧！」

周瑜坐到台下，讓拍賣師帶著他的錘子上場。

拍賣師說：

「我們先從小東西開始吧！這樣可以漸入高潮。」

他先拿起蔣幹偷走的那封信。

「這是一份影響戰局的重要文件。吳國通過它巧

施反間計，使魏國損失了兩位水軍都督。這封信的起拍價為二十兩銀子，請各位競拍。」

立刻有人喊道：「二十五兩！」

又有人喊：「三十兩！」

「五十兩！」

「七十兩！」

最後這封信以一百兩銀子成交。

蔣幹便對曹操說：「蔡瑁和張允為了這封信糊里糊塗丟了腦袋，我建議讓他倆的家屬平分這一百兩銀子。」

曹操苦笑道：「這麼說，一顆腦袋值五十兩銀子？要是把你腦袋砍了，給你家裡五十兩銀子，你幹不幹？」

「不幹！」

曹操便作詩道：

要說蔣幹真會算，
蔡瑁、張允完了蛋。
要說蔣幹不會算，
五十兩砍頭他不幹！

接著拍賣周瑜的令箭。

拍賣師說：「周都督的曾經橫掃千軍的令箭，如果插在家裡，保證蒼蠅、蚊子都不敢飛進來。這件拍品的底價是一百兩銀子，請大家競拍。」

眾人竊竊私語起來，顯然都認為價錢定得高了。

開始冷場。

拍賣師東張西望：「沒人喊價嗎？」

好容易有人喊了一聲：「一百零一兩。」

然後就沒人回應了。

「好，」拍賣師要準備成交了，「一百零一兩一次！一百零一兩二次！一百零一兩三次！」

拍賣師揮錘欲敲——

「慢！」

舉手的是周瑜自己。雖然他拿不到拍賣的錢，但如果和他有關的拍品能賣出大價錢，他臉上也有光彩啊！

周瑜報價：「一百二十兩！」

報完價，他悄悄對旁邊的魯肅說：「你快報『一百五十兩』。咱們把價錢抬起來，刺激那些闊佬加入競拍。」

魯肅便喊：「一百五十兩！」

周瑜又喊：「二百兩！」

「二百五十兩！」

「三百兩！」

他們兩個一人一聲喊得好熱鬧，可是別人全在搖頭，沒有第三個聲音加入進來。

周瑜終於停止喊價。

「好，」拍賣師喊道，「三百兩一次！三百兩二次！三百兩三次！」

他「砰」地將錘敲下。

「成交！周瑜令箭由周瑜先生自己以三百兩的高價買下，讓我們為周瑜先生關心孤兒的高尚行為鼓掌！」

大家鼓了掌。

周瑜傻了眼。

「接下來要拍賣的是，諸葛亮先生在南屏山祭風時的用品。」

拍賣師向大家展示道袍和法劍。

「這套拍品的底價是二百二十兩。」

「二百三十兩！」立刻有人喊價。

「二百五十兩！」

「二百七十兩！」

周瑜趕緊寫了個條子，對魯肅說：「幫我遞上去。」

魯肅一看，條子上寫著：

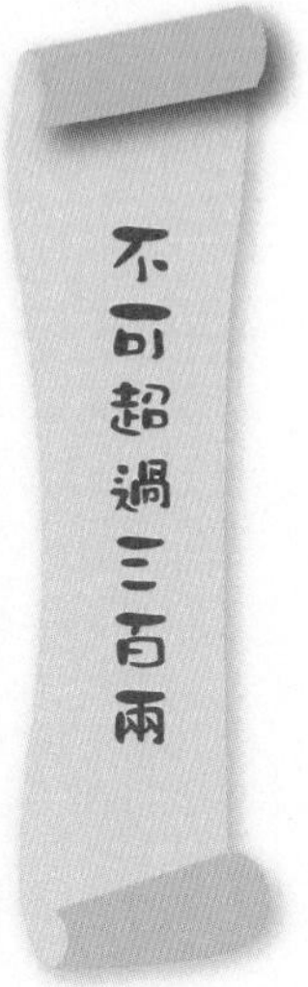

這是因為周瑜不希望自己被諸葛亮比下去。周瑜的意思是讓魯肅親自

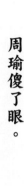

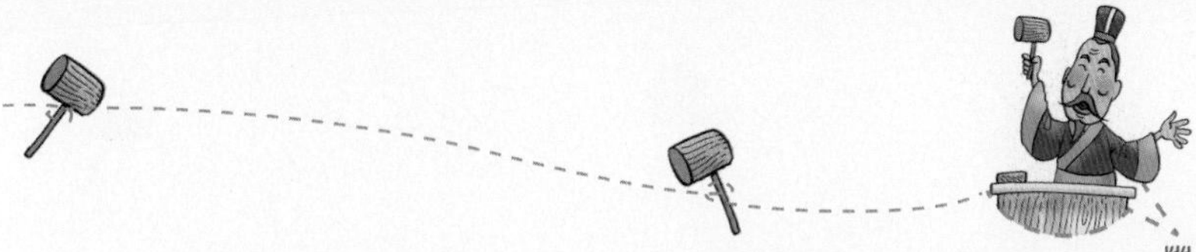

將字條遞給拍賣師，誰知魯肅沒領會，以為是要他把條子傳遞過去。

魯肅的前排坐著諸葛亮。諸葛亮接過條子，用一眨眼的時間看清了上面的文字，又用半眨眼的時間蘸著未乾的墨汁在那行文字上點了一點，然後迅速將字條傳向前排……

這時場內的報價已經升到三百兩。

拍賣師正要舉錘，見遞來一張字條，上面寫著：

拍賣師將周瑜的指示理解為：別急於成交，還會有出大價錢的。

他便繼續吆喝：「諸葛先生的道袍，別看破了一點，裡面充滿智慧，您的子子孫孫將受惠無窮！」

這一吆喝，競拍你追我趕，報價直線飆升……

最後，一位軍火商花了二千八百兩銀子，拿走那把生鏽的法劍，穿走那件殘破的道袍。

周瑜氣得有苦說不出。

拍賣漸漸接近尾聲。

華佗擔心地對諸葛亮說：「看來整個情況跟我們的預期差距不小。所有的拍賣加上戰船紀念品的銷售，總

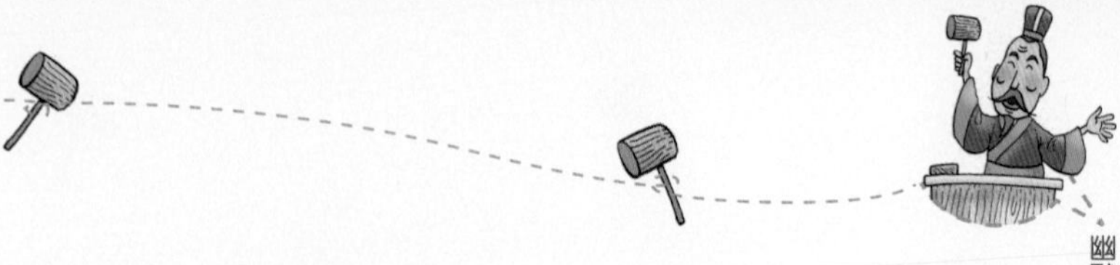

收入只有一萬兩左右。可是我們需要十萬兩……」

諸葛亮微笑道：「別發愁，拍賣會還沒結束呢！」

諸葛亮扭過頭去問後排的周瑜：「周都督，曹操曾在赤壁之戰丟盔棄甲，我沒記錯吧？」

「沒錯。」

「那麼，打掃戰場時，你們撿到曹操的頭盔了嗎？」

周瑜想了想，「我有印象的……後來，好像是我們主公的傻兒子孫亮拿去玩了。」

「後來就再也沒見過這頭盔？」

「再也沒見過。」

「孫亮在哪裡？我想問問他。」

「你指望求助於一個傻子的記憶？」周瑜嗤之以鼻。

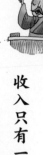

諸葛亮在野外找到了孫亮。

孫亮問諸葛亮：「你為什麼要來找我玩？」

諸葛亮回答：「因為我和你的名字一樣的，都叫『亮』，名字一樣的人應該在一起玩。」

孫亮很高興，又問諸葛亮：「那我們玩什麼呢？」

諸葛亮摘下自己的帽子，交給孫亮，說：「你把我的帽子藏起來，讓我來

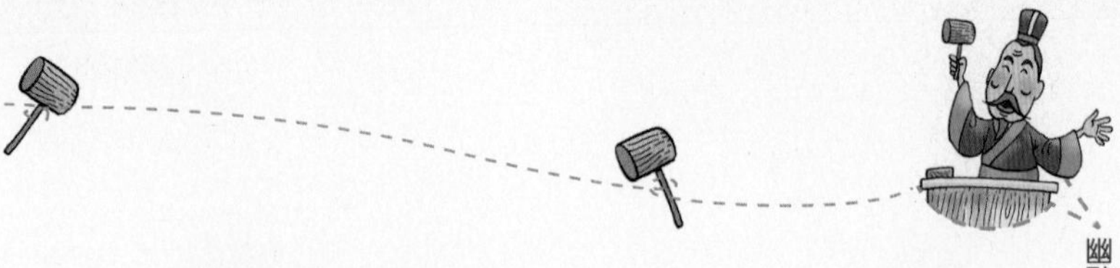

找——這樣會玩嗎？」

孫亮說：「會玩的，我常在這裡藏帽子。」

「你喜歡把帽子藏到草叢裡，還是爬上樹把帽子藏到鳥窩裡？」

「我喜歡挖個坑，把帽子藏到地底下。」

「好吧，」諸葛亮說，「那我走開，等你藏好了我再回來。」

諸葛亮回到會場，對周瑜說：「請都督派遣三千兵士，讓他們都帶上鐵鍬……」

三千兵士花了吃一隻梨子的時間，把那塊土地挖了一遍，從地裡挖出曹操的頭盔，還有諸葛亮的帽子。

拍賣師宣布：「現在拍賣最後一件赤壁文物——曹操先生的頭盔。」

華佗趕緊給曹操吃保心丸，他怕曹操激動過度，心臟出問題。

開始競拍了。頭盔的起拍價是二百兩銀子。

赤壁

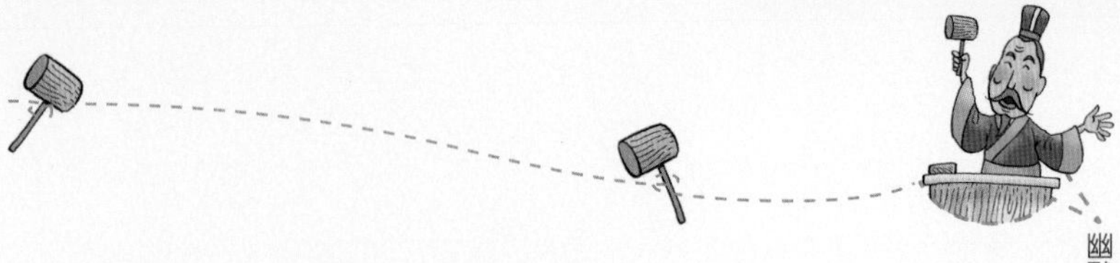

曹操搶先舉牌：「四百兩！」

好牛氣，沒人應戰了吧？

但一把鵝毛扇不慌不忙地舉了起來：「八百兩。」

這是諸葛亮今天第一次競拍喊價。不鳴則已，一鳴驚人。

曹操面不改色地接著喊：「一千六！」

諸葛亮毫不猶豫地再翻一倍：「三千二。」

於是就一倍又一倍地往上翻——六千四，一萬二千八，兩萬五千六……

諸葛亮知道，這頭盔是曹操的奇恥大辱，曹操絕不願意讓頭盔落到別人手裡。

在喊過「五萬一千二」後，諸葛亮閉了口。

曹操的頭盔終於以十萬零二千四百兩銀子的天價被曹操本人購回。

諸葛亮輕聲問華佗：「幫助孤兒們的錢，現在夠了吧？」

烏龜漂流瓶

魏國的一條小河邊。

曹操的三兒子曹植和四兒子曹熊正在用小石片比賽打水漂。

曹熊眼尖，他指著遠處的河面，「三哥你瞧，那是什麼？」

那是一個小小的漂浮物。

那東西漂近一些了，曹熊說：「是個瓶子！」

曹熊就拿根樹枝將瓶子勾到岸邊。

這瓶子上已長滿青苔，瓶口被塞住。

曹熊對曹植道：「三哥，咱們打開它以前，先猜猜裡面有什麼東西吧！」

曹植便說：「你先猜吧！」

曹熊搖了搖瓶子，沒有響聲，也不重。「是個空瓶子吧！」

「不是空瓶子。」曹植說，「裡面有張寫了字的紙，是一封信。」

曹熊說：「我不相信！」

他咬開瓶塞，將瓶口朝下倒了倒。瓶裡掉出一張折了幾折的紙。

「三哥，真讓你猜對了！」曹熊叫道。

曹植一邊撿起那信，一邊告訴弟弟：「這是因為我讀書讀得多。我從書裡讀到，外國人會用瓶子裝上信，扔進海裡，這瓶子就叫『漂流瓶』。」

「那，」曹熊問曹植，「這瓶子真是從外國漂來的嗎？」

曹植說：「是的。這封信上的字我都不認識，那就肯定是外國人寫的外國字。」

「漂流瓶是怎樣漂到這裡的？」

「它先從海裡漂到江裡，再從江裡漂到河裡。」

「那，」曹熊又問曹植，「能不能再讓它從河裡漂到江裡，再從江裡漂到海裡？」

「應該也可以吧！」曹植說，「現在我要去想辦法把這封信翻譯出來，看外國人在信裡說了些什麼。」

曹植拿著信走掉了。

留下曹熊在那兒看著瓶子發呆。

曹熊想，也許外國的一條小河邊，現在也有一個男孩在那兒發呆。

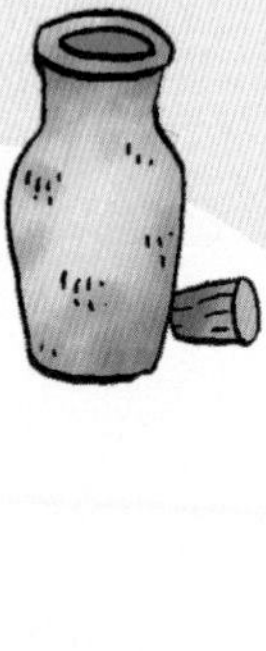

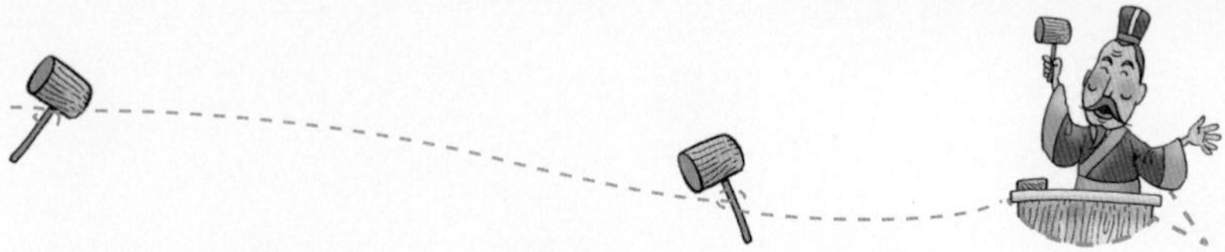

不，為什麼一定是男孩呢？就不可以是女孩嗎？

那就假定是女孩吧！那個外國女孩用漂流瓶寄出了她的信，正在等著漂流瓶漂回來吧！

「可是我不會寫外國字。」曹熊遺憾地自語著。

「中國字也寫不好……」這時候他才感到寫字是一種很重要的本領。如果他能用中國字寫信，那外國女孩收到信後也可以找人翻譯呀！

不寫信，那就用漂流瓶送她點東西吧！

曹熊在衣袋裡掏了掏，掏出一個玻璃球兒。「女孩大概不喜歡打彈子的吧？」

他趴在草地上正瞎想著，忽然覺得脖子後面涼涼的，什麼東西在那兒慢慢地爬。

曹熊一把抓住那涼涼的東西！一看，是個小小的烏龜。

曹熊樂了。

他把小烏龜裝進瓶子，塞上塞子。從這小河裡，瓶子會漂到江裡，再漂到海裡，再漂到外國的江裡，再漂到外國的小河裡，漂到那女孩面前。女孩打開瓶子，看到小烏龜，會很喜歡，會想：是誰把小烏龜放進瓶子裡的？……

漂流瓶重新出發了。

曹熊走後，曹操的大兒子曹丕和二兒子曹彰來到河邊。

曹丕忽然有所發現，他指著遠處

的河面，「二弟你瞧，那是什麼？」

曹彰說：「好像是一個瓶子。」

曹丕說：「恐怕不是普通的瓶子。」

曹彰是運動健將，他立刻脫了衣服，「咚！」地跳下河去……

曹熊送走的漂流瓶又被曹彰撈了起來。

「打開看看，瓶裡的東西或許會有點價值。」曹丕說。

曹彰拔掉瓶塞，倒出了小烏龜。

曹丕喜形於色，要將烏龜藏入袖中，卻被曹彰一把奪過。

「大哥，」曹彰問曹丕，「這隻烏龜有價值嗎？」

「嗯，啊？」曹丕支支吾吾，「應該說，對懂得欣賞的人來說，這隻烏龜才有價值。」

曹彰承認：「我不懂得欣賞。」

曹丕伸出手，「那就給我吧！」

他已經打好算盤。今天是父親的生日，這隻遠道漂流而來的烏龜應該是最好的壽禮了。曹丕要做的事是千方百計哄老爺子高興，老爺子一高興，接班人就非曹丕莫屬啦！

但曹彰這人是不大買別人帳的，他對曹丕說：「要是我不願意給你呢？」

曹丕道：「不管怎麼說，牠是我先發現的吧？」

「是你發現的，卻是我拿到的。」

「我不發現，你怎能拿到？」

「那好，」曹彰說，「既然我不該拿到，我就把這烏龜再扔回河裡，讓你發現個夠。」

曹丕慌忙攔住曹彰，因為曹丕不會游泳，只停留於發現是沒什麼意義的。

曹丕便跟曹彰商量：「就算我們共同擁有這隻烏龜吧，所有權一人一

半。現在我出錢買下你那一半的權利，行不行？」

曹彰問曹丕：「你死氣白賴地要這烏龜幹嘛？」

曹丕只得說出給父親送禮的事。

曹彰說：「這烏龜為什麼不能成為我們共同的禮物，既然我們有共同的父親？」

「這……」曹丕無法將他自私的打算告訴弟弟。

但曹丕畢竟是四兄弟中最有心計的一個，他一定要讓曹彰放棄這隻烏龜。

曹丕知道曹彰吃軟不吃硬，便說：「二弟呀，我太慚愧了，越想越慚愧。」

「為什麼慚愧？」

「我身為老大，竟然跟弟弟斤斤計較。孔融能夠讓梨，我還不如那梨嗎？——說錯了，我還不如孔融嗎？」

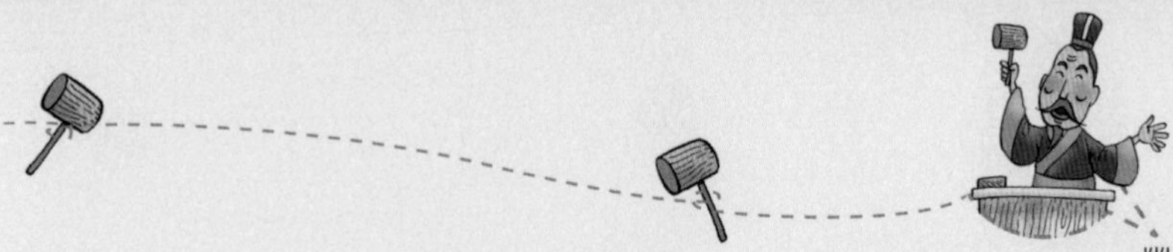

「你到底想說什麼？」

「我決定把烏龜讓給你了！」

「不不……」曹彰覺得挺意外。

「真的，二弟，」曹丕慷慨激昂地發誓，「我要是不把烏龜讓給你，我就是烏龜！」

「大哥，」曹彰也來勁了，「我要是不把烏龜讓給你，我就是……反正我非讓給你不可了！」

兄弟倆開始推來讓去。那烏龜如果沒有堅硬的殼和甲，早被他們捏碎了。

最後，到底還是曹彰力大，他硬是把烏龜揣進了曹丕的懷裡。

「哈哈，還是我勝利了！」曹彰得意地走開了。

曹操穿上新衣服，歡迎大家來祝壽。

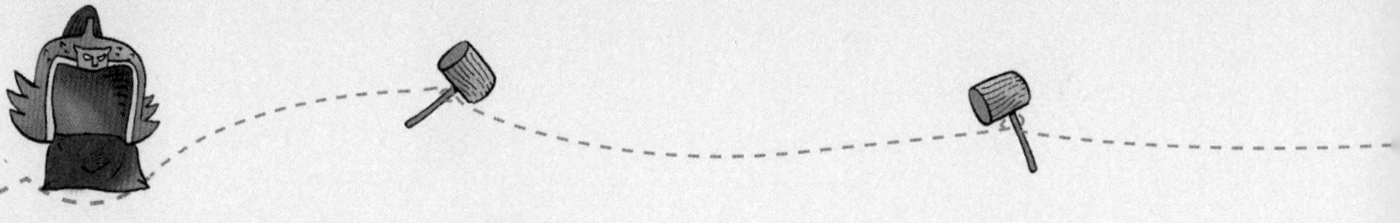

文武百官紛紛送上賀詞和賀禮。

曹操很高興。接著他又東張西望，「我的孩子們呢？」

曹丕、曹彰、曹熊走上前來，站成一排。

曹操問：「我有幾個孩子？」

大家說：「四個！」

「現在只有三個，還少哪一個？」

曹丕說：「少了曹植！」

曹操點點頭，「老三一定在為我寫著祝壽的詩呢。——好吧，你們三個對爸爸的生日有什麼表示呢？」

曹彰說：「父親，我近來學得一套拳法，稱作『風曲拳』，又叫『拳風曲』，因為也可以當成樂曲來欣賞的。」

「哦？」曹操覺得稀奇，「倒沒見識過這種怪拳怪曲。」

曹彰說：「父親今日壽辰，孩兒就以拳代禮，以曲代禮了。」

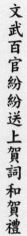

說完，曹彰的雙掌緩緩地在空中畫出一個圓。隨著他手臂的舞動，風聲呼呼響起。於是，拳快風聲高，拳慢風聲低，高低的音階便組成樂曲……

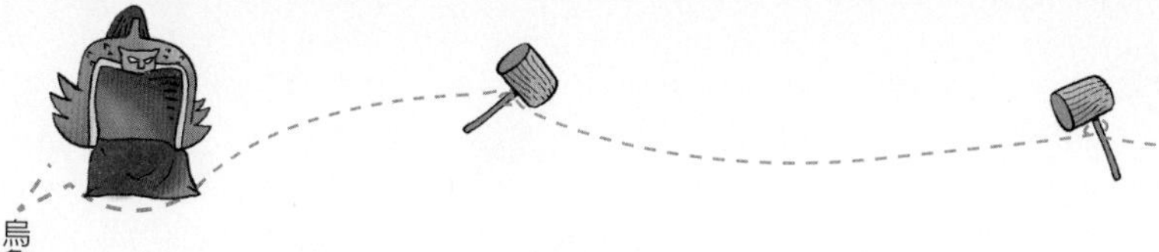

一套拳舞罷，那風聲還在梁上繞了幾圈。

「妙極了！」曹操帶頭鼓起掌來。

接著，曹熊掏出了他的玻璃球兒。

曹操問曹熊：「你還是表演你的低爾夫球嗎？」

曹熊說：「我剛剛練成了新招，叫『打水漂』。」

蔣幹說：「這招我也會，我拋出去的石片兒能在水面跳三跳。」

曹熊說：「我跟您跳得不一樣。」

曹熊便讓蔣幹手拿兩隻盛了酒的酒杯，這兩隻酒杯跟曹操的酒杯成一直線。

曹熊面對牆壁射出玻璃球兒——

只見球兒飛快地從地面滾到牆上，又滾到天花板上。球速越來越慢，終於停止，墜落下來……

玻璃球兒落進蔣幹左手的酒杯，在酒上彈了一下又飛向蔣幹右手的酒

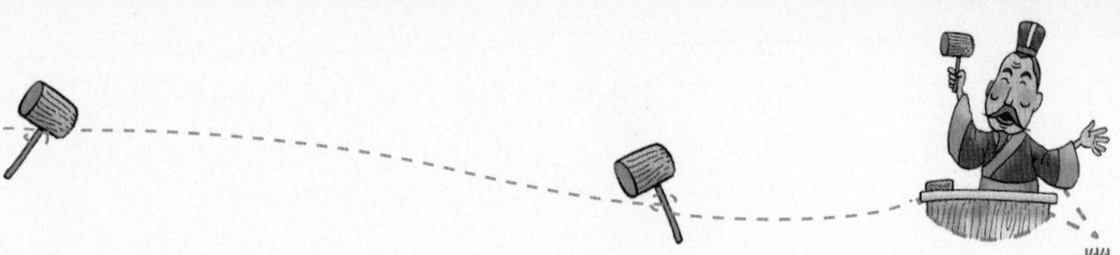

杯，最後它從曹操的杯中彈起後，被曹熊穩穩地接到手中。

曹操和眾人再次鼓掌。

「尊敬的父親，」現在輪到曹丕了，「對於我的禮物，您的反應會強烈得多。您不會只是拍拍手而已，您會深深地感動。」

「好兒子，」曹操問曹丕，「你的禮物是什麼？」

曹丕說：「我要送您一隻烏龜。」

眾人驚愕。

「父親，您知道烏龜象徵著什麼嗎？」

「長壽？」

「正確。而且這不是一隻能在河邊的草叢裡找到的普普通通的烏龜。牠被天神的手放進一隻漂流瓶裡，從遙遠的港口出發，漂過浩淼驚險的大洋，沒到達夏威夷，也沒去北海道，俄羅斯、朝鮮、斯里蘭卡什麼的哪兒都不去，就偏偏的漂到我們魏國來了。而且不是昨天來，也不是明天

來，專挑了父親的壽辰！」

曹丕的雙手發著抖把漂流瓶遞給曹操……

受曹丕的影響，曹操的手也抖了起來……

但曹操的手正在抖著，瓶子被旁邊的人一把奪了過去。

是曹熊，他拿過瓶子就拔瓶塞。

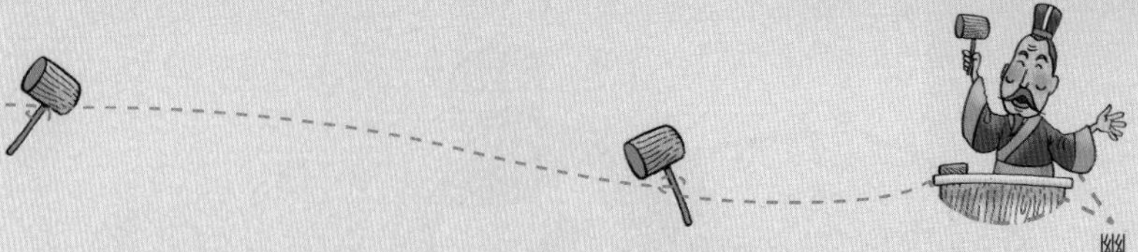

曹操生氣了，「老四，這是神物，不能亂動！」

可是瓶子已被曹熊打開了，瓶裡的小烏龜倒在了曹熊的掌心。

曹熊說：「這不是什麼神物，這只是一隻可以在河邊草叢中找到的普普通通的烏龜，是我把牠裝進漂流瓶裡的。」

「你瞎說！」曹丕怒斥曹熊，「你是嫉妒我的禮物，才編造謊言。我發現漂流瓶的整個過程，你二哥是目擊者，他可以為我作證！」

「不錯，」曹彰說，「我可以作證。」

曹操就教育曹熊：「你不該嫉妒你大哥。」

正在這時，曹植到場了。

曹操問曹植：「老三啊，你手裡拿的是為我作的詩嗎？」

「哦，不是的。」曹植說，「這是外國人寫的信，裝在漂流瓶裡，我和四弟發現的。我就想破譯這封信……」

「等等！」曹操打斷曹植，「你是說，漂流瓶裡只有信，沒有烏

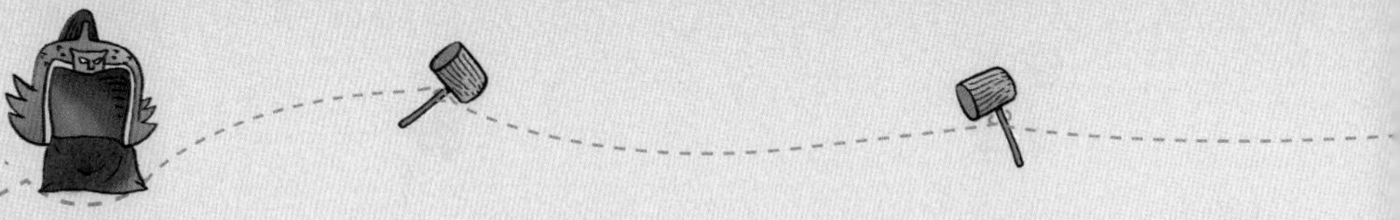

龜？」

「烏龜是我後來放進去的！」曹熊說。

「這麼說，我撈到的漂流瓶已經是二手貨了？」曹彰自語道。

曹熊問曹植：「三哥，外國人寫的信被你翻譯出來了？」

曹植說：「難度很大，我只破譯出開頭的一句。」

「這一句是什麼意思？」

「這一句是說，『糟糕透了』。估計下面的內容是敘述他們怎樣陷入了困境……」

曹操很不滿意地瞪著曹丕。

曹丕沮喪地嘟囔道：「真是糟糕透了！」

聯合軍演

張飛駕著飛雞從魏國回來。

張飛下了飛雞，諸葛亮問他：「又出去放鴿子啦？」

「是啊！」

「在魏國發現什麼新情況沒有？」

張飛想了想。「有。北方的女子不怕冷，冬天還穿短裙，要風度不要溫度。」

諸葛亮說：「沒問你這個。曹操在軍事上有什麼動作？」

「哦，魏軍在進行軍事演習，似乎以吳國為目標。」

「比起女人穿短裙的消息，這個消息更重要。」諸葛亮吩咐張飛，「你再往吳國飛一趟，把情報送給周瑜。吳國要是被魏國吃掉了，蜀國也就危險了。」

魯肅急匆匆來見周瑜。

「都督，蜀國送來情報，說魏軍正在進行針對我國的軍演。」

周瑜嘟囔道：「曹操為什麼不去進攻蜀國，老是打我們的主意。」

這時外面報導：「蔣幹先生來訪！」

周瑜高興了，「我這老同學又來了，來得正好。」

周瑜便向魯肅悄悄叮囑一番……

原來，曹操要打吳國，特派蔣幹前來窺探吳軍動靜。

臨走時，蔣幹請示曹操：「如果周瑜再叫我和他一起睡覺，睡不睡？」

曹操說：「睡！」

「要是桌上還有檔，偷不偷？」

「偷！」

曹操送蔣幹上驢時，贈詩一首道：

蔣幹騎上驢，
吳國訪周瑜。
上回被你耍，

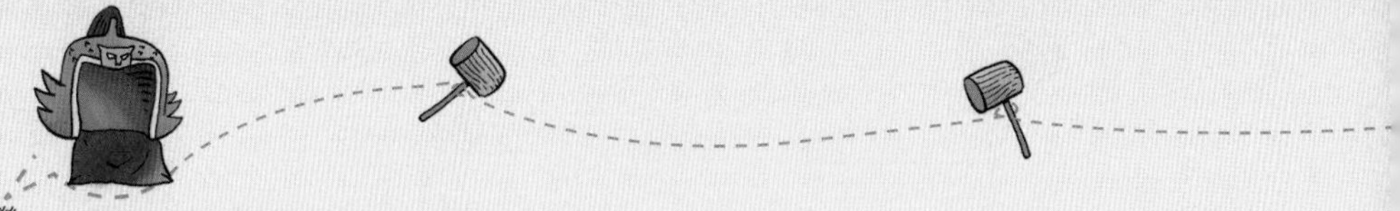

這回要耍你。

於是蔣幹信心十足地再來當間諜。

周瑜對蔣幹笑道：「子翼兄，我們又好久不見了。你要是不嫌我打呼嚕的話，今晚咱們再同榻而眠，如何？」

蔣幹道：「說實話，我就是奔著你的呼嚕來的。公謹你是作曲家，精通音律，打起呼嚕來也是那樣抑揚有致，引人入勝。聽你的呼嚕完全是一種享受。」

當晚，周瑜又喝了許多酒，腳也沒洗就睡下了。

蔣幹便也上床假睡。他是靠著周瑜的呼嚕和腳臭的刺激，才沒有真的睡著。

半夜裡，蔣幹爬起來了。

跟上次一樣，殘燈尚明，桌上堆著許多文件。

蔣幹一份一份地翻閱文檔，終於翻到這樣一份——

吳國水陸軍事演習計畫書（絕密！）

此次軍演沒有計畫在冬至日舉行。

演習地點不在赤壁。

代號不叫「冰雹」。

在此次軍演中，吳國軍隊沒有裝備多種威力巨大的新式武器。

具體佈署並非如下：

周瑜並不擔任總指揮。魯肅並不擔任副總指揮。

……

蔣幹看得有點莫明其妙。但他還是決定把這份絕密檔帶回去研究研究。

蔣幹連夜趕回了魏國。

曹操正邊打瞌睡邊等蔣幹，這時急忙問：「偷到什麼沒有？」

蔣幹說：「偷到了！」

他便將吳國的軍演計畫書拿給曹操看。

曹操看了一遍，問蔣幹：「你看懂了嗎？」

蔣幹說：「沒看懂。」

曹操說：「看這文件得反過來看。」

蔣幹便把文件翻到反面。

「不是看反面！」曹操說，「是把句子的意思反過來理解。比如，『沒有計畫在冬至日舉行』，就是『計畫在冬至日舉行』；『沒有裝備多

種威力巨大的新式武器』，就是『裝備了多種威力巨大的新式武器』。」

「我懂了，」蔣幹頓時開竅，「『周瑜並不擔任總指揮』，應該理解為『周瑜擔任總指揮』。」

曹操沉思起來，「這麼說，吳國的軍事力量已經大大加強，我們不能輕舉妄動了。你這次去吳國，有沒有看到他們的『多種威力巨大的新式武器』？」

「沒看到，」蔣幹說，「周瑜沒讓我看。」

曹操忽然大笑：「我有辦法了！我要讓周瑜乖乖地將他的新式武器拿出來給我看。」

蔣幹不明白，「怎麼可能呢？」

「蔣先生，你還得立刻返回吳國……」

周瑜發現那份「絕密文件」被蔣幹偷走了，他很高興，就等著曹操上當了。

天剛剛亮，魯肅來報：「蔣幹回來了！」

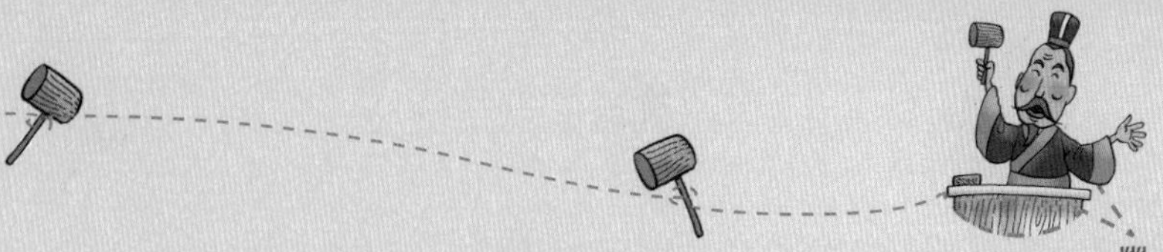

「好，」周瑜說，「你們別驚動他。」

周瑜趕緊重新躺到床上，重新打起呼嚕。

蔣幹走進來，見周瑜還睡著，他便猶豫著：要不要也把衣服脫掉，睡到床上去，裝作什麼也沒發生呢？

這時周瑜睜開眼睛，問蔣幹：「子翼兄這麼早起床，已經出去過了嗎？」

蔣幹便說：「我去晨練，跑步，每天習慣了。」

「跑步嗎？長跑還是短跑？」

「長跑。我跑到魏國，又跑回來了！」

「見到曹丞相了吧？」周瑜笑道，「有什麼要對我說的嗎？」

「曹丞相說，聽說吳國發展了一些新式武器，正好魏國也在進行新武器的研製，希望雙方有個交流的機會。」

周瑜暗想：我謊稱的新式武器是為了嚇唬曹操的。如果有機會觀摩魏

國的新武器，就可以像諸葛亮草船借箭一樣，用魏國的技術打擊魏國了。

「那麼，」周瑜問蔣幹，「照曹丞相的意思，我們可以用什麼方式交流呢？」

蔣幹說：「可以將兩國軍隊調集到一起，搞一次聯合軍事演習。」

「聯合軍演？」

「這樣就可以集中展示兩國的武器裝備，互相學習，互相啟發。」

「行。」周瑜同意了。「兩國軍隊的首次聯合軍演，應該有個響亮的代號吧？」

蔣幹說：「這個代號應該能體現我們兩人友情的深厚，體現我們兩國軍隊緊密的合作。」他想起「狼狽為奸」這個成語，「代號就叫『狼狽』，怎麼樣？」

「那，誰是狼？誰是狽？」

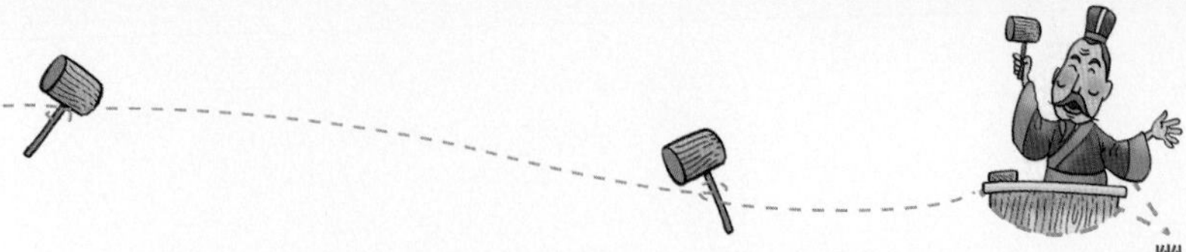

不管誰是狼，誰是狽，魏吳聯合軍演的舉行已經敲定。

蔣幹向曹操彙報後，曹操滿意地誇獎蔣幹：「這次你的表現不錯，你好像比你的驢聰明一些了。」

蔣幹很尊重他的驢的，他說：「可能下一次我的驢又會比我聰明了。」

曹操忽然收起笑容，在屋子裡踱起步來。

蔣幹慌了，「丞相，又有什麼不對勁了？」

曹操停止踱步，「我的腦筋忽然轉了個彎，是個急轉彎！」

蔣幹臉色發白。他知道，往往曹操的腦筋一轉彎，別人的腦袋就得掉下來。

曹操問蔣幹：「聯合軍演的地點是不是在赤壁的右側？」

蔣幹說：「是啊！」

「好，」曹操又問，「比方說，你就是赤壁，你的右側是哪一邊？」

蔣幹就把自己想像成赤壁……

「這邊！」他舉起右手。

「但從我的角度來看，你舉手的這邊是左邊。」曹操說。

曹操出口成詩：

我說這是右，
你說那是右。
是左還是右，
想想可真逗。

蔣幹一會兒舉起左手，一會兒舉起右手，完全把自己搞糊塗了……

這時吳國的周瑜和魯肅也在討論左和右的問題。

周瑜在地圖上指指點點：「我忽然想到，趁魏國軍隊集中在赤壁這邊時，我軍可以從赤壁那邊渡過江去，一舉攻占魏國的都城。」

魯肅惑然不解，「我們不是跟魏國約好，在赤壁的右側舉行聯合軍演？如果違反協議，人家會說我們缺乏誠信的。」

周瑜強詞奪理。「誰違反協議啦？哪邊算左，哪邊算右？魏軍集結的地方就一定是右側？我軍渡江的地方就一定不是右側？」

「可是，」魯肅道，「說好是演習的，我們怎麼能攻下人家的都城呢？」

周瑜說：「我們以後還要攻下蜀國的都城，這一次不就是下一次的演習嗎？」

到了「狼狽」聯合軍演開始的日子了。

不巧的是，江上一早就濃霧瀰漫。

魯肅對周瑜說：「能見度這樣差，怎麼演習？」

周瑜笑道：「我正要偷襲魏國，真是天助我也！」

魯肅剛想說什

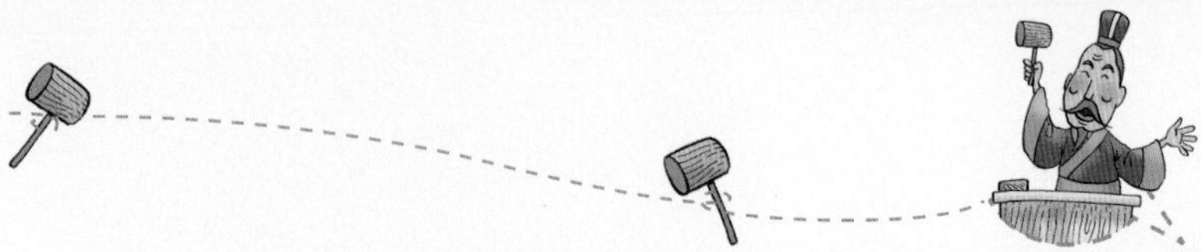

麼，只聽前方霧中傳來人聲：「我正要偷襲吳國，真是天助我也！」

周瑜大吃一驚：「難道遇上了魏軍？」

魯肅便大聲喊話：「口令！」

對方回答：「狼狽！」

真是魏軍。

不一會兒，隱隱看見了魏國的戰船，站在船頭的正是曹操。

周瑜問曹操：「不是約好了在赤壁右側會合，你們怎麼——？」

曹操有點不好意思，「我以為這邊就是右側了……你們不也是——？」

「是啊，是啊，我們正好見面了，不然的話……」

「不然的話就要出點意外了。」

漸漸日出霧散，真相大白。

諸葛亮派張飛駕飛雞來觀察魏吳兩國的動靜。飛雞到了赤壁上空時，

「狼狽」軍演已正式開始了。張飛看見魏軍先向吳軍射箭，把吳國的戰船射得像刺蝟一樣。然後吳軍把這些箭拔下來，再把魏國的戰船射成刺蝟一樣……

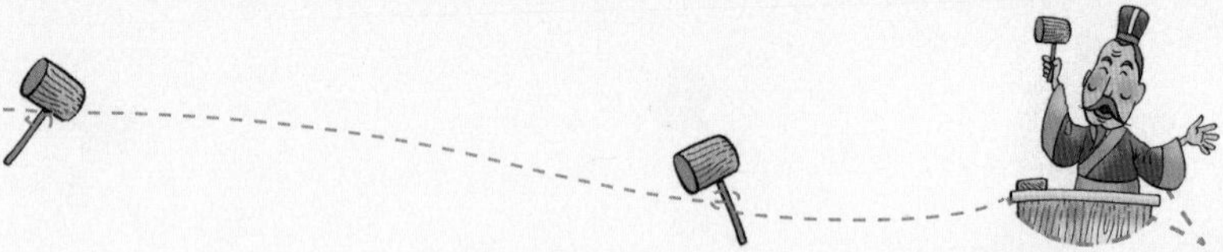

素食狼

曹操喜歡吃羊肉。

可是今天羊肉端上來以後，他吃得很不滿意。

「怎麼回事？」他埋怨起來，「我喜歡吃肥羊，怎麼給我吃的是瘦羊？」

蔣幹在旁邊解釋說：「只剩瘦羊了，肥羊都被吃掉了。」

曹操大怒：「誰吃的？！」

「狼。」蔣幹說，「您知道，狼是要吃羊的。」

「可是，」曹操不明白，「狼不會是最近才開始要吃羊的吧？牠們早

就愛吃羊了。為什麼以前牠們可以給我剩下肥羊，而現在只能剩下瘦羊了呢？是不是因為現在狼多了？」

「不是因為狼多了，相反，是因為狼少了，某種狼少了。」

「我不懂！」

「狼分兩種。一種是葷食狼，一種是素食狼……」

「素食狼是不吃羊的？」

「素食狼是羊的朋友，喜歡跟羊一起吃草。羊群裡只要有一頭素食狼，葷食狼就不敢來叼羊，因為素食狼比葷食狼強壯得多。」

「照你這麼說，羊群有素食狼保護，葷食狼就沒有吃羊的機會了？」

「但遺憾的是，素食狼越來越少，快要滅絕了。」

「怎麼會呢？」

「素食狼雖然跟羊一樣吃草，卻吃的是不一樣的草。素食狼只吃一種茅草，而魏國的老百姓要用這種茅草蓋房子的。」

「我知道了，房子越蓋越多，素食狼就沒草可吃了。」

「後來素食狼只好跳到房子上去吃草，房子的主人因為素食狼毀壞房子，就打死牠們。素食狼雖然比葷食狼強壯，但牠們跟牛一樣不會咬人，很容易被打死的。」

於是曹操徹底清楚了，「素食狼少了，羊群就失去了保護，葷食狼就專撿肥羊吃，我就只能吃葷食狼撿剩下的瘦羊了……」

曹操當即作詩一首：

不讓狼吃草，
難免狼吃羊。
吃羊的狼不吃草，
吃草的狼要上房。

有關素食狼的資訊很快傳到吳國。

周瑜若有所思地對魯肅說：「看來，養羊不如養狼啊！」

魯肅驚奇道：「都督對狼感興趣了？」

周瑜說：「我想，既然素食狼對魏國牧羊業這麼重要，既然魏國本土

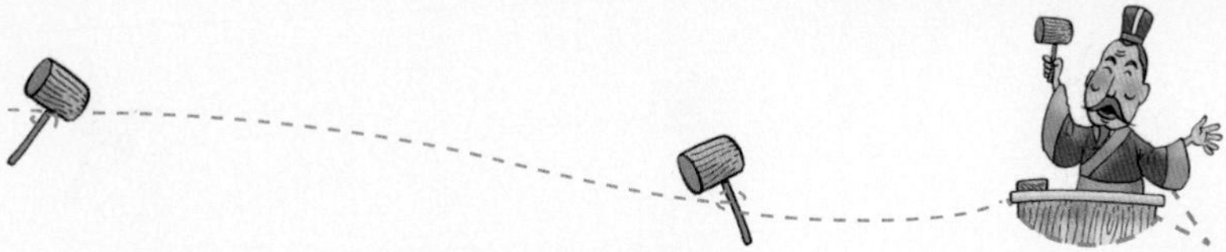

已很難維持素食狼的生存條件，我們來飼養素食狼然後反銷魏國，應該有大利可圖。」

「我們這兒有條件養狼？」

「我調查過了，素食狼吃的草在我國各地普遍生長。而且，我國老百姓以竹構屋，不蓋那種草房，不會跟素食狼爭飼料。」

「可是，」魯肅提出，「當我們要把養大的素食狼賣給魏國人時，立刻會遇到一個問題。」

「什麼問題？」

「這些商品狼到了魏國仍然面臨食物短缺。如果沒吃的，牠們又怎能發揮作用呢？」

周瑜哈哈大笑。

「子敬啊，怪不得下棋你老輸給我，你就是只看到第一步，看不到第二步。到那時候，我們正好可以成套出口賺大錢。」

「您是說，賣了狼，再細水長流地做飼草的貿易？」

「而且，」周瑜得意地說，「一斤草我要賣一斤蘋果的價錢！」

從魏國買了一對可以做爸爸媽媽的素食狼，周瑜便圈起一塊茅草地，辦起素食狼養殖場。

這養殖場還圈進了一個小池塘，所以不用管吃，不用管喝，沒有飼養員也不要緊的。

周瑜對魯肅說：「這個池塘還是多功能的。」

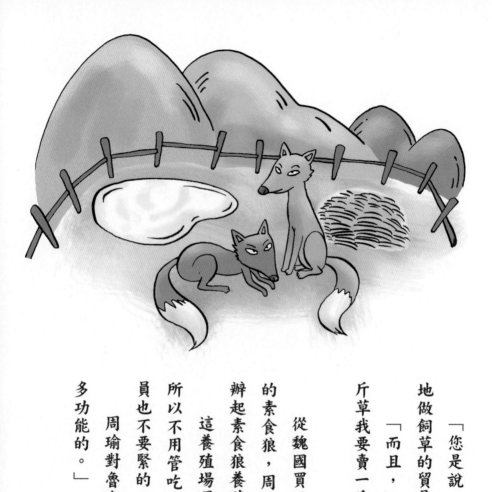

「怎麼個多功能？」

「狼可以有水喝，有澡洗，還可以……」

「還可以怎樣？」

周瑜想了一會兒，說：「還可以當鏡子照。」

魯肅問：「要是養殖場裡的草被狼吃光了，怎麼辦？」

周瑜說：「草還會長出來的，我想吃草的狼會比吃肉的狼更有耐心吧！」

魯肅就想像這兩頭可憐的狼對著啃得光禿禿的草地耐心等待的情景……

幾個月後。

魯肅來告訴周瑜：「都督，大狼生小狼啦！」

周瑜問：「生了幾頭？」

「一頭。」

「才一頭？」

「如果草夠吃的話，應該多生幾頭的。」

周瑜就批准擴大養殖場。

草夠吃了，狼們就大量繁殖起來。

繁殖到一百頭狼時，周瑜就發信到魏國，請老同學

蔣幹來養殖場參觀。

見了蔣幹，周瑜問道：「你們丞相現在還能吃到羊肉嗎？」

蔣幹嘆道：「丞相現在只能聞聞羊皮褥子過過癮啦。他經常目露凶光，使我害怕。」

「你怕什麼？」

「因為我屬羊啊！」

周瑜便對蔣幹說：「現在你們的羊將重新獲得保護，重新獲得被端上曹丞相餐桌的機會。你瞧瞧這些羊群的衛士，多可愛。」

蔣幹打量著狼圈裡的狼，對牠們的牙齒和目光不大放心，他問周瑜：「牠們真是完全素食的嗎？」

「完全素食。」周瑜說，「不相信的話，你這個屬羊的人可以去狼圈裡試一試。」

但蔣幹不敢試。

周瑜就叫人找來一隻羊放進狼圈。

這隻羊在狼群裡的地位簡直像國王一樣，牠走到哪兒，狼們跟到哪兒，前呼後擁，養尊處優。

蔣幹在狼圈外等了兩個時辰，那些狼乖乖地吃著草，始終沒有要吃羊的意思。

「很好，」蔣幹沒話說了，「這是曹丞相的福音。不過魏國的那些葷食狼要不高興了！」

蔣幹立刻回國向曹操彙報。

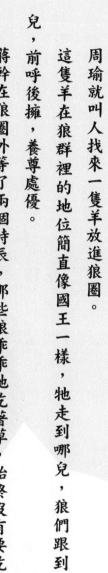

曹操對進口素食狼的事很感興趣，便問蔣幹：「周瑜的報價是多少？」

蔣幹說：「買一頭狼的錢，可以買十隻肥羊。」

「好像貴了些……」曹操嘟噥道。「不過一頭狼可以保護一群羊，一群羊不止十隻吧！」

曹操忽然想到，「把周瑜養的狼買來，我們給牠們吃什麼？讓牠們一餓了就跳到老百姓的房頂上去吃草嗎？」

「不不，」蔣幹說，「周瑜已經準備好了。

素食狼的飼料，可以由吳國長期供應。」

「價錢呢？」

「買一斤草的錢，跟買一斤蘋果的錢一樣。」

曹操皺起了眉頭。「蔣幹呀，為了吃羊肉，我們要花掉這麼多買狼的錢和買草的錢，是不是直接向外國買羊肉上算些？」

蔣幹說：「對不起，我的數學不行，不會算帳。我建議去找諸葛亮先生諮詢一次，他很會算的。」

曹操說：「好吧，那你就再去蜀國走一趟。」

蔣幹騎著驢去了蜀國。

然後回到魏國。

然後再去吳國。

周瑜高興地打量著驢背上的錢口袋。「子翼兄，曹丞相下決心買狼又

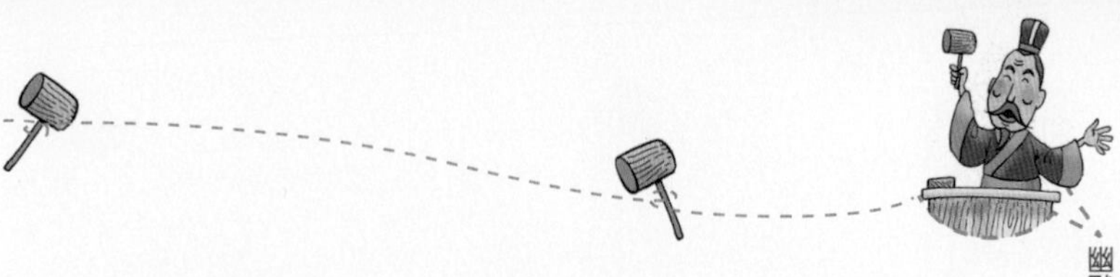

買草了？」

蔣幹說：「曹丞相確實下了決心，但他決定既不買狼也不買草了。」

「為什麼？！」

「這是諸葛亮幫曹丞相打的算盤，諸葛先生覺得這種交易並非雙贏，魏國會吃虧的。」

「這個諸葛亮，」周瑜恨得咬牙切齒，「他專門壞我的好事！」

蔣幹說：「諸葛先生認為魏國應該保護素食狼這樣的珍稀物種，就像素食狼保護魏國的羊一樣。他勸我們在蓋新房子的時候別再使用茅草，這樣就能讓素食狼生存下來，也就能讓曹丞相的餐桌上永遠不缺肥羊。」

「可你們蓋房子沒草怎麼辦？」

「那就不用草唄！諸葛先生說，能用來造房子的材料很多，魏國人

非得住草房嗎？」

周瑜說：「諸葛亮肯定建議你們砍樹造房子，因為許多蜀國人就是住的木頭房子。」

「公謹，你猜錯了。」蔣幹笑道，「諸葛先生不

贊成砍樹，說這會破壞生態環境。他說竹子比樹生長得快。他建議我們向吳國進口竹子造竹屋。」

周瑜吃驚道：「諸葛亮真是這樣說的？」

「但他說希望吳國的竹子不要賣得很貴。」

周瑜低頭不語。

蔣幹問：「公謹，你在想什麼？」

周瑜說：「我從來不喜歡欠諸葛亮的情，我在想送點什麼東西給他。」

「想好了嗎？」

「想好了。」

「送什麼？」

「就是我這兒賣不掉的……一百頭素食狼。」

運動別人和被人運動

華佗又到魏國來了。華佗雖然不喜歡曹操，可是魏國的病人們也有權得到神醫的治療呀！

華佗看到蔣幹，搖搖頭說：「你怎麼這麼瘦，好像比上次見面時更瘦了。」

蔣幹說：「有什麼法子，我就是不長肉。不過這樣也有好處。」

「有什麼好處？」

「不是對我自己有好處，是對我的驢有好處。長途奔波時，牠可以負擔輕一些。」

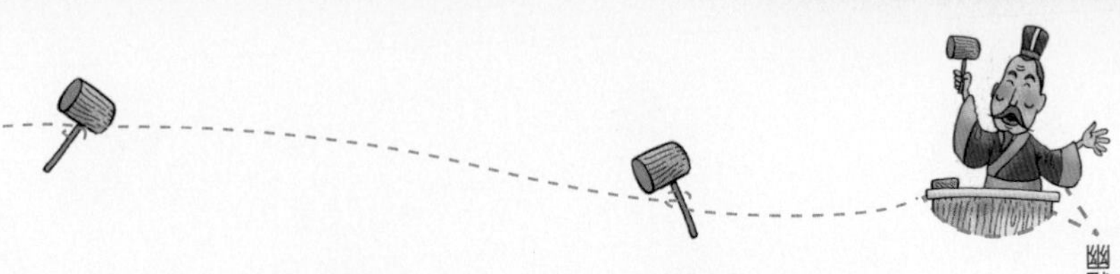

「不過，」華醫生說，「太瘦弱了的話，壞處會多於好處的。你得多運動。」

蔣幹不明白了，「胖子多運動是為了減肥，瘦子也要多運動的話，豈不是越來越瘦了？」

「不對，運動會使瘦子越來越強壯。」

「那，華醫生，您看我應該選擇什麼運動項目？」

「什麼運動都可以的。」華佗隨意看了看四周，他看見夏侯惇正在向箭靶瞄準，便說：「你可以跟著夏侯將軍練射箭嘛！」

夏侯惇只有一隻眼睛，一目了然，最適合練射箭了。

他彎弓搭箭，正在瞄準，忽聽身後「錚」地響起弓弦聲。夏侯惇急忙收弓閃身，用弓梢一撥，一支從後方射來的箭被撥到地上。

夏侯惇怒沖沖回頭一看，見蔣幹拿著一張弓傻笑。

夏侯惇生氣地問：「蔣先生，你為什麼要暗算我？」

蔣幹說：「夏侯將軍，對不起，是華醫生建議我跟著您學射箭，我就跟在您後面……」

夏侯惇這才明白，「所以我就成了你的靶子了？蔣先生啊，初學射箭，應該拉弓不射箭，先練好臂力再說。像你這樣太危險了。」

蔣幹便聽從夏侯惇的勸告，只拉弓不射箭，先練臂力。

夏侯惇見蔣幹再不射箭，安全有了保障，就放心地轉過身去重新

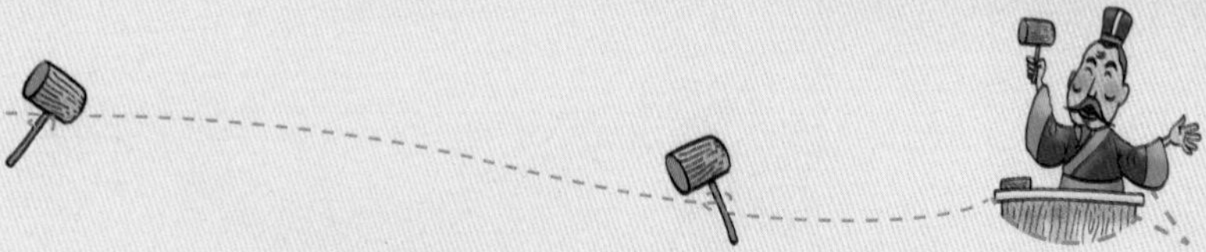

向箭靶瞄準。

弓弦聲在夏侯惇身後連連響起，但現在再也不會飛來冷箭了。

可是過了沒一會兒，只聽「颼」地起了風聲——

夏侯惇又慌忙閃身！

沒想到這次飛來的是蔣幹自己。

夏侯惇看著跌落在地的蔣幹，百思不得其解：「他是怎樣把自己射過來的？」

蔣幹去找華佗。

「華醫生呀，看來我不適合練射箭。」

「那，總有別的運動適合你的。」

「什麼運動呢？」

華佗想了想，「去游泳，怎麼樣？」

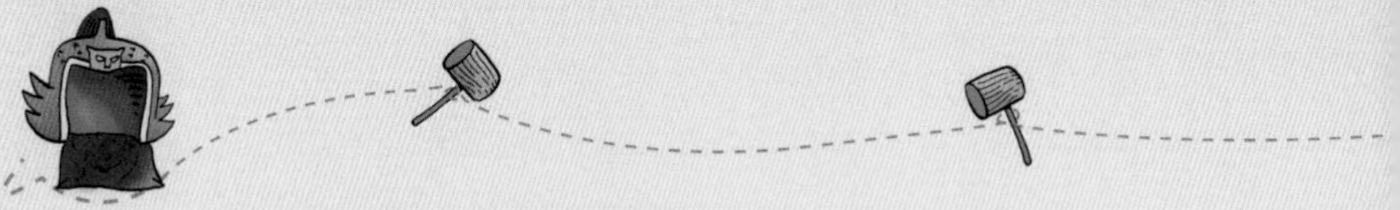

「哈，正合我的心思！」蔣幹笑道。「每年夏天，我都喜歡下河的。」

「等等，」華佗要問問清楚，「你到河裡，是游泳還是洗澡？」

蔣幹發愣了，「洗澡和游泳有區別嗎？」

「有點區別的。」華佗解釋道，「會洗澡的人不一定會游泳，而會游泳的人一般都會洗澡。會游泳的人不會淹死，會洗澡的人可就難說了。」

蔣幹就問華佗：「開運動會的時候有游泳比賽的吧？」

「當然。」

「有沒有洗澡比賽？」

「沒有！」

蔣幹去找水軍都督于禁學游泳。

「于將軍，」蔣幹說，「我想我這個人學游泳不會很困難吧！」

「為什麼？」

「我這麼瘦，這麼輕，應該很容易漂起來的。」

于禁說：「蔣先生，學游泳得先學憋氣。」

蔣幹問：「是不是受委屈的人學游泳學得快？于將軍你游泳游得好，是不是因為曹丞相常常訓斥你，你憋氣憋得厲害？」

于禁聽了直翻白眼，「蔣先生，你這話差點把我憋昏過去。你回去找個臉盆，盛上水，把頭浸到盆裡練憋氣。這是第一階段。能在河裡漂浮起來，這是進入第二階段了。」

蔣幹便趕緊回家找臉盆。

他很快又出了門，拿著臉盆往河邊跑。

于禁招呼蔣幹：「蔣先生，練得還順利嗎？」

蔣幹說：「進入第二階段了！」

他「撲通！」一聲跳下河……

蔣幹將學游泳的情況向華佗彙報。

華佗問：「漂起來了嗎？」

「漂起來了。」蔣幹說，「是臉盆漂起來了……」

華佗嘆口氣：「你又沒耐心學游泳了？」

「再給我換個項目吧。」

「那，你願不願意練

馬術？」

「騎馬？這應該是我的長項了！」蔣幹叫道。

華佗說：「可我沒見你騎過馬呀。」

蔣幹說：「我沒騎過馬，可我經常騎驢呀，馬和驢差不多的嘛！」

蔣幹又去跟張遼學騎馬。

張遼說：「馬術跟騎馬趕路不同，得訓練馬兒越過障礙。」

這可把蔣幹難住了，「我從來沒讓我的驢跳起來……」

「不過，」張遼打量著蔣幹的體形，「其實蔣先生的條件比我更適合參加馬術比賽的。」

蔣幹愕然：「我有什麼條件？」

「你比我瘦得多呀！騎手越瘦，越輕，就有利於馬兒跑得更快，跳得更高。」

「聽張將軍這麼一說，我有了信心，便試著騎馬跳越障礙。」蔣幹對華佗說。

華佗問：「那，跳過去沒有呢？」

蔣幹說：「跳過去了。」

華佗滿臉懷疑，「你別對我說：『馬跳過去了，我沒跳過去。』」

「不，正好相反。」蔣幹說，「由於慣性，馬沒跳過去，我跳過去了！」

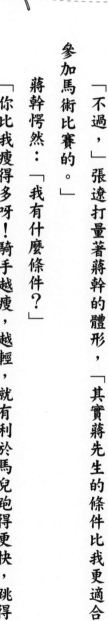

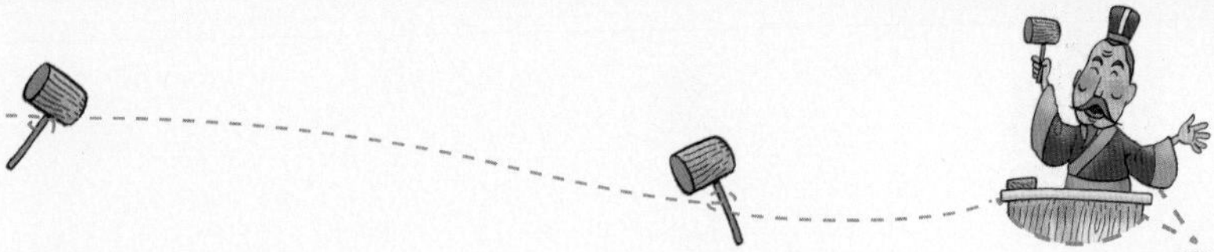

於是華佗搖頭不語了。

蔣幹問：「華醫生，你怎麼不幫我出主意啦？」

華佗說：「似乎已經沒有什麼能夠適合你的運動項目了。」

蔣幹想了想。「也許，我可以像曹丞相那樣？」

「那種老年人的慢跑？」

「不慌不忙，悠哉遊哉，跑得面不改色心不跳，多好啊！」

清早，曹操在晨光熹微中穩步跑動。

蔣幹隨後跟了上來。

曹操看了看蔣幹，又看了看天，吩咐蔣幹道：「你去拿根繩子來，要長一點的。」

蔣幹趕快拿了根長繩子交給曹操。

曹操又說：「你把繩子的一頭繫在腰上。」

蔣幹毫不理解，但還是照辦了。

曹操抓起繩子的另一頭，「好了，咱們開始跑吧！」

他們一前一後地運動起來。

跑著，跑著，蔣幹越跑越感到不對勁了！

他終於忍不住問曹操：「丞相，我怎麼覺得這很像是在遛狗？」

曹操回答：「這不

是遛狗，遛狗的時候是把繩子繫在狗脖子上的。等一會兒你就知道是怎麼回事了！」

蔣幹只好乖乖地讓曹操牽著跑。

不一會兒，刮起風來了。

這風由小到大，漸漸強勁。

北方的大風挺可怕的，會把那些重量不夠的東西一下子吹得無影無蹤。但曹操的噸位不怕大風，他還能頂風往前跑。蔣幹呢，這時已被吹到空中，那根保險繩現在起了作用。

蔣幹在空中喊道：「丞相……現在我……知道了……」

曹操在下面喊：「知道……什麼？」

「這不是……遛狗，是……放風箏……」

曹操在地上跑，蔣幹在空中飛，這畫面有趣極了！

風勢減弱以後，蔣幹這才回到地面。

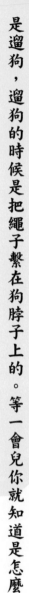

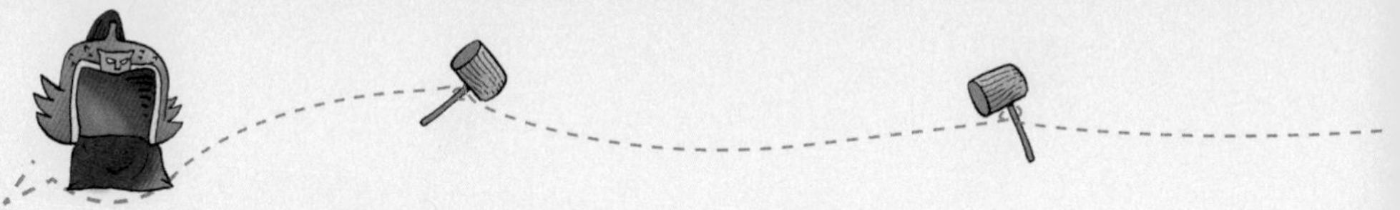

「感覺怎麼樣？」曹操問蔣幹。

蔣幹說：「挺刺激的。但上面很冷，我都有點感冒了。」

「明天還跟我一起跑嗎？」

「就不……不麻煩丞相了。」

曹操鼓勵蔣幹：「不是天天颳大風的。你天天運動，慢慢強壯起來，到後來風就吹不動你了。」

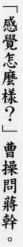

但蔣幹再也不願被曹操「放風箏」了！

蔣幹對自己說：「沒有一種運動適合我，我還是不運動算了！」不過，自己不運動不等於不喜歡看別人運動，蔣幹覺得自己還是有資格做一名熱心的體育觀眾的。

他看見大力士典韋在做體操，就走過去旁觀。

他說：「典將軍，你怎麼做的是徒手操？像你這樣的大力士做起器械

操來才顯得雄壯威武。」

典韋沮喪地說：「我的雙戟被偷走了！」

蔣幹說：「就不能想想別的辦法嗎？」

「別的辦法？」

典韋打量一下蔣幹，忽然想出了別的辦法。

「蔣先生，」典韋說，「咱們能不能合作一把，練一練雙人體操？」

「不行，」蔣幹連連搖手，「我很笨，什麼也不會。」

典韋說：「你不需要會什麼的，其實我是要你當我的活器械。」

蔣幹問：「這也算是運動嗎？」

「當然算。雖然你是被運動的，可也始終處於運動之中。」

「就是說，我也是運動的參與者？」

「對。」

於是蔣幹同意了典韋的建議。

在運動會上，典韋和蔣幹表演了他們的雙人體操。

典韋不停地掄起蔣幹，拋起蔣幹，做出一連串的驚險動作……

最後典蔣雙檔名列前茅，被評為最受歡迎的運動組合。

詩人曹操特獻

一詩：

我輕你重，
你運我動。
我是木偶，
你來操縱。

這以後，儘管蔣幹因為參與運動幾乎成了明星，可他還是很瘦，很容易感冒。

因為魏延有胃炎……

三國之間有時和好，有時打仗。有時是魏國跟吳國打，有時是吳國跟蜀國打，有時是蜀國跟魏國打。

這回是蜀國跟魏國打。

曹操派遣大將夏侯惇出戰。

那夏侯惇挺槍躍馬，直到陣前。他瞪著獨眼，大吼一聲：「呔！你那蜀國何人應戰，快快出馬！」

蜀國五虎將關、張、趙、馬、黃緊急商量了一下——誰去對付夏侯惇？

結果大家都覺得夏侯惇失了一眼，是個殘疾人，跟殘疾人打仗算不得好漢。所以五位虎將沒有一個願意上陣。

夏侯惇等了半天，等得都不耐煩了，才見一員蜀將前來應戰。

夏侯惇叫道：「來將通名！」

對方報出：「大將魏延！」

「什麼，胃炎？你的胃不舒服？」夏侯惇笑道。

魏延說：「都怪我爸爸給我起了這樣的名字，後來我真的得了胃炎……好了好了，咱們閒話少說，打仗要緊。」

「對，打仗，打仗！」

兩人趕忙催馬向前。夏侯惇持長槍，魏延持大刀，他們叮叮噹噹交起鋒來。

他們一連戰了一百個回合，沒分勝負。

什麼叫一個回合？就是雙方的馬跑攏來，雙方的兵器「噹！」地碰一下，兩匹馬又跑開去，一個回合就結束了。兩匹馬重新跑到一起，第二個回合又開始……你想想，打完一百個回合，那就要花不少時間了。

夏侯惇準備要打一百零一個回合時，聽見魏延說：「等一等！」

「為什麼要等一等？」

「你知道我有胃病的，時間一長就會餓得吐酸水，所以我必須吃點心，吃了點心就舒服一些了。」

夏侯惇問魏延：「你帶了點心嗎？」

魏延說：「我都隨身帶著的。」

魏延就從懷裡掏出一個用什麼葉子裹著的食品。

夏侯惇問：「這是什麼？」

魏延說：「這叫糍粑。」

「糍粑？」

「是我們那兒有名的小吃，用糯米和大米磨粉蒸成的，用船葉裹起，有鹹、甜兩種。你喜歡吃鹹的還是甜的？」

「我喜歡鹹的。」

「鹹糍粑的餡心裡放進了花椒粉、胡椒粉、紹酒、川鹽、肉末、芽菜、火腿、蝦米……」

聽得夏侯惇直嚥口水。

魏延說：「這塊糍粑正好是鹹的，你拿去嘗嘗吧！」

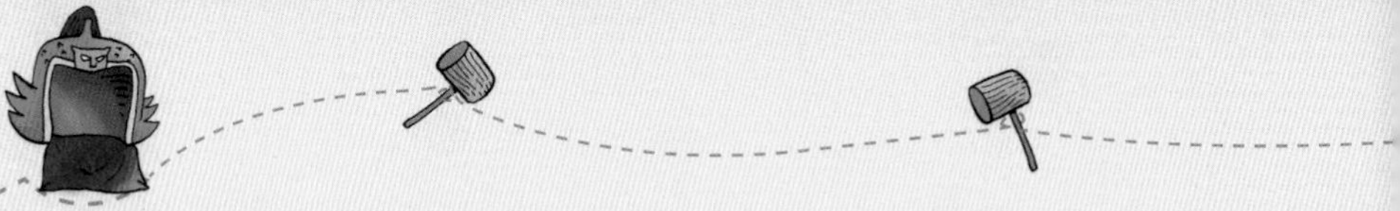

「不不！」夏侯惇連忙謝絕，「你胃不好，還是自己吃吧！吃了好打仗。」

「不好意思了。」

魏延就細嚼慢嚥地吃起糍粑來。

夏侯惇就看著魏延吃糍粑。

魏延吃完了糍粑，他倆又開始打仗。

又打完一百個回合。

魏延又叫：「等一等！」

夏侯惇問：「你又要吃點心了嗎？」

魏延點點頭，隨即向後招了招手。

一個挑著擔子的矮小男人應聲上前。

夏侯惇發了愣，指著矮小男人問魏延：「他是來幫你打仗的嗎？」

魏延說：「唔，也可以這麼說吧，他是間接地幫我打仗。聽說過沒有，這就是四川的『擔擔麵』。」

夏侯惇順手掀開擔子上那口銅鍋的鍋蓋，只見鍋裡分成兩格。

魏延介紹道：「一格用來煮麵，一格用來燉雞。」

那矮男人立刻燃起爐火，開始煮麵。

魏延吩咐矮男人：「煮兩碗！」

麵煮好了，魏延說什麼也要跟夏侯惇分享。

夏侯惇便恭敬不如從命了。

好鮮的雞湯，矮男人又在夏侯惇的麵碗裡放了蔥末、川東菜、香油、葷油、醬油、辣椒油、芝麻醬，夏侯惇吃得「稀溜稀溜」的，差點把碗也吃下去。

吃完麵，夏侯惇滿意地拍拍肚子，問魏延：「我們還要打仗嗎？」

魏延說：「要打就再打一會兒吧！」

夏侯惇說：「平時我每次最多只能打兩百個回合，今天來勁了，看來再打一百個回合也沒問題。」

他們重新上馬，槍來刀往地又打了一百個回合，這才各自收兵回營。

夏侯惇回到曹營。

曹操問他：「打了半天，勝負如何？」

夏侯惇說：「我也沒有贏了他，他也沒有輸給我，不過我還是占了一點小便宜。」

「什麼小便宜？」

「吃了他一碗擔擔麵。」

曹操瞭解了詳情，不由勃然大怒。

「夏侯惇呀夏侯惇，你身為魏國大將，竟被一碗麵俘虜了！」

「我沒有當俘虜！」

「你當了精神俘虜，真丟我的人。來人啊！」

「有！」

兩個刀斧手立刻揪住夏侯惇，要將他斬首。

但曹操對刀斧手說：「我不需要你們，我叫我的謀士。」

於是蔣幹等聽候指示。

曹操開口便是一首詩：

一擔美味擺陣前，
半鍋雞湯半鍋麵。
口水直下三千尺，
將軍愛吃不愛戰。

曹操對謀士們說：「一種蜀國的食品能把魏國人饞成這樣，那我要問問諸位，難道我們魏國就沒有好吃的東西能饞饞蜀國人嗎？」

謀士們立即開始頭腦大搜索。

謀士甲說：「俺們北方那疙瘩最最好吃的就是豬肉燉粉條。」

謀士乙說：「狗不理包子天下聞名！」

謀士丙說：「我就喜歡掛爐烤鴨。」

蔣幹說：「我說的這種食品，得讓大家猜個謎。謎面是——外國人洗澡。」

眾謀士面面相覷：「這是什麼呀？」

蔣幹說：「這都猜不出？外國人洗澡——涮羊（洋）肉唄。」

曹操說：「你們說的這些都是好東西，可惜遠水救不了近火。明天和蜀軍對陣時，我們就必須拿出勝過擔擔麵的食品。如果能用這食品吸引對方將領叛變，那就更棒啦！」

夏侯惇說：「我的馬夫，當兵前在飲食業幹過……」

第二天。

魏國的陣容不變，仍然是夏侯惇出馬挑戰。

蜀國仍然是魏延應戰。

夏侯惇問魏延：「今天帶了什麼點心？」

魏延說：「今天我準備得很充分，不會讓你在旁邊看著我吃了。我今天帶了燈影牛肉，川北涼粉，酸辣豆花，玻璃燒賣，夫妻肺片，陳年糟蛋……」

「打住，打住！」夏侯惇趕緊切斷魏延的誘惑力極強的介紹，暗想道：「我得先下手為強！」

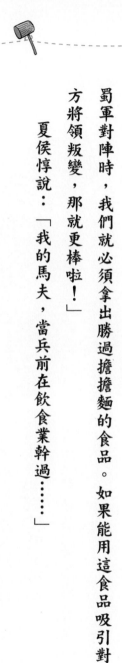

他提醒魏延：「胃炎將軍，你聞到什麼沒有？」

魏延便抽著鼻子在空氣中嗅了嗅。

「咦，一股香味，好香！」

夏侯惇轉身招了招手。

響起轂轆轂轆的聲音，魏國陣後推出一輛小車。小車上是一座粗腰烤爐，陣陣甜香便是從爐中飄出的。

魏延貪婪地做著深呼吸，一邊打聽：「這是烤的什麼？」

「你連這個都聞不出來？」夏侯惇笑道，「這是烤白薯呀！」

魏延忙問：「白薯……烤好了沒有？」

夏侯惇說：「烤好了。」

「那，能不能——？」

「能，但是有條件。」

「任何條件我都答應，說！」

「這個，」說出這個條件夏侯惇也有點不好意思，「你得叛變過來，才能得到烤白薯。」

魏延的腦子裡展開了激烈的鬥爭。

鬥爭不僅在腦子裡，魏延的胃也幫著夏侯惇向魏延進攻……

夏侯惇拿著一塊香噴噴的烤白薯在魏延眼前晃，一邊催促：「怎麼樣？」

魏延咕噥道：「我投降。」

「魏延為了一塊烤白薯叛變了！」

這消息立刻震動了蜀營。

諸葛亮神情嚴肅地對大家說：「我早就說過，魏延腦後有反骨，遲早要叛變的，所以我對他的降曹並不覺得意外。問題在於，蜀國的形象被他破壞了，這可不是小事。」

張飛說：「蜀國的飲食文化源遠流長，蜀國的廚師人才濟濟，我去跑一趟，請一批烹飪高手來各顯神通，也讓魏國的大將們向咱們舉白旗！」

蜀國的著名廚師們很快趕到前線。

魏國的著名廚師也被曹操請來了。

雙方廚師各自擺開陣勢。魏國廚師烤、爆、溜、熗，熱火朝天；蜀國

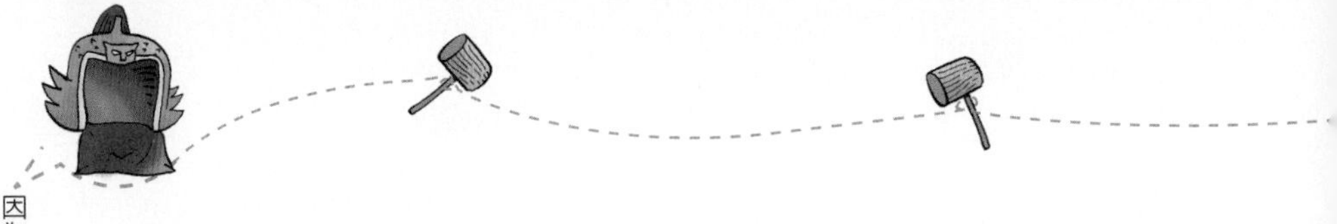

廚師煎、炒、煸、燒，出神入化……

一場美食大戰就此打響。

忙壞了兩國廚師，也忙壞了兩國將士。將士們跑過來，跑過去，兩邊品嘗，兩邊比較。

一會兒是蜀國士兵叛逃於魏國廚師的油鍋之前……

因為魏延有胃炎……

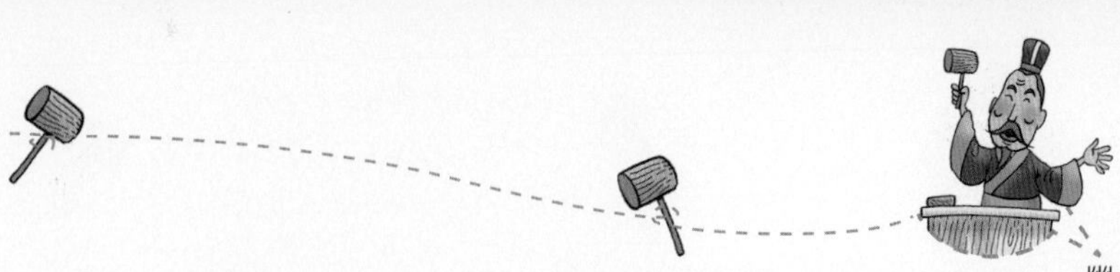

一會兒是魏國將領拜倒在蜀國廚師的圍裙之下……

天黑了，雙方點起燈籠，開出夜排檔。

一直熱鬧到深夜，這才各自收兵。

兩邊的統帥清點人數時，發現己方的將士流失了許多，卻也增加了許多陌生面孔。減一減，加一加，經過流動的兩國軍隊人數持平。

蜀國的美食起了作用，使魏延二次叛變，回到了蜀國。

諸葛亮問魏延：「有什麼體會？」

魏延說：「希望第二次美食大戰早日爆發，使我能多獲得幾次叛變的機會。」

回家看看

張飛來向諸葛亮稟報。

「軍師，您家裡來人了！」

諸葛亮有些吃驚。作為蜀國的軍師，他在四川工作，而他的老家遠在河南，兵荒馬亂的，家裡人從沒來看過他。今天居然家裡來人，會不會是年邁的爹娘出什麼事了？

諸葛亮出門一看，真是弟弟諸葛均來了。

「二哥！」諸葛均不善言辭，一見面就掏出一封信。

諸葛亮急問：「爹娘還好嗎？」

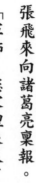

諸葛均說：「你看信吧！」

信是父親寫的。

諸葛亮趕緊讀信。

孩子：

你出門十年，一次都沒回來過。我們知道你很忙，而且忙得很有成績。但我們還是盼望你能抽空回來看看。你媽媽很想你。想你想得生病了。病得很重。要是你晚一點回來，也許就見不到她了。見信後請立即動身，我們等你。

父親

諸葛亮讀信後心急似火，他對弟弟說：「都怪我讓媽媽病成這樣。

媽媽還沒喪失意識吧？」

諸葛均說：「信上都寫著呢！」

「媽媽還能進食嗎？」

「信上都寫著呢！」

諸葛均不敢看二哥的眼睛。

於是諸葛亮明白了。媽媽沒生病，只是很想他。爸爸怕

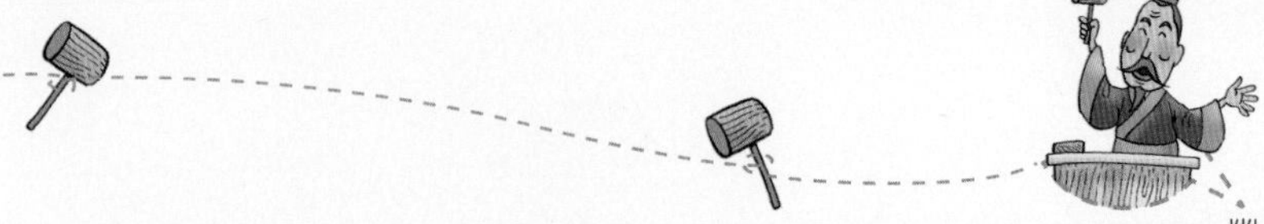

諸葛亮忙得沒空回來，就編了個媽媽生病的謊言。但諸葛均是從來不撒謊的，他即使願意撒謊也撒不像的。爸爸只好寫了這封撒謊的信，讓諸葛均交給諸葛亮。

但諸葛均也是很聰明的人，他知道二哥已經識破了父親的謊言。

「二哥，」諸葛均心情低落地問，「你還回去嗎？」

沒想到諸葛亮回答：「當然回去！我們這就走。」

諸葛亮是被父親的謊言震撼了。做兒子的內疚使他歸心似箭。

諸葛亮讓弟弟坐上他製造的飛雞，諸葛亮親自駕駛。

飛雞向東北方飛去。

飛了一會兒，諸葛均忽然發現有一支軍隊在下面的山路上行進著。

諸葛均問：「哥，這是你們的軍隊嗎？」

諸葛亮說：「不，這是吳國的軍隊。吳國和魏國正在打仗呢！」

飛雞繼續往前飛，他們看見一片密林。

諸葛亮說：「魏國的軍隊一定埋伏在這片林子裡。」

「哥，你怎麼知道？」

「你瞧，林子裡的鳥兒驚得亂飛……」

說時遲那時

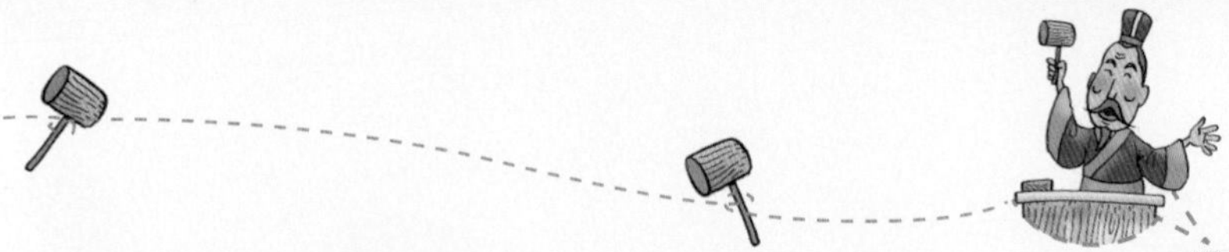

快，鳥群撞上了飛雞。

眼看空難就要發生，諸葛亮只來得及說出一個字：「跳！」

諸葛亮一手抓起保命雨傘，一手拉著弟弟，「嗖」地往下便跳。

被鳥毀壞的飛雞最後在空中畫了個美麗的弧形，隨即衝向山頭，「砰！」地撞得粉碎。

埋伏在密林裡的魏軍由曹操親自率領。當然，領兵打仗的事他完全可以交給將軍們去幹。但曹操是個詩人，他認為坐在家裡是寫不出好詩來的。所以，為了寫出好詩，他就必須帶著隊伍到處打仗。

此時，曹操一邊在林中等待敵人的到來，一邊構思起他的詩作。剛剛有靈感像蝴蝶一樣向他展開朦朧的雙翅，卻被士兵的一聲大喊嚇跑了——

「稟報丞相！」

曹操不高興地問：「何事？」

士兵說：「天上掉下兩個人來。」

曹操又高興了，「這倒可以做首詩的！在哪兒？」

士兵將曹操領到一棵大樹下。

天上掉下來的諸葛兄弟便掛在這棵樹上。

曹操抬頭細看天上的人。他覺得天上的人跟地上的人區別不大。曹操跟諸葛亮的見面機會很少，所以曹操沒有認出諸葛亮，諸葛亮也沒認出曹操。諸葛亮沒想到曹操親自帶兵，曹操也沒想到諸葛亮親自掛在樹上。

曹操看著掛在樹上的人，開始做詩：

上不著天，
下不著地。

一首詩最少四句，可是曹操的思路堵住了，下面兩句怎麼也出不來了。

樹上的諸葛亮已經從這詩句的風格判斷出樹下的詩人定是曹操。

諸葛亮便對曹操說：「如果我們幫你做成這首詩，你就救我們下來，怎麼樣？」

曹操說：「行，一言為定！」

「你的前兩句是什麼？」

「上不著天，下不著地。」

諸葛亮說出第三句：「左邊是兄，」

諸葛均說了第四句：「右邊是弟。」

「太棒了！」

曹操大喜，立刻吩咐士兵爬上樹，將兩位詩友解救下來。

在士兵正朝樹上爬時，諸葛亮悄悄叮囑弟弟：「別暴露我的身分，省得麻煩。」

諸葛均說：「知道了。」

諸葛兄弟回到地面，曹操向他們行禮相迎。

曹操問：「兩位詩友為何從天而降？」

諸葛亮回答：「我們是回鄉探望父母去的，不料遇上了意外。」

曹操追問：「具體說，你們遇上了什麼？」

諸葛亮只好說：「遇上了龍捲風。」

「請問兩位尊姓大名？」

諸葛均答應不暴露哥哥身分的，所以不介紹哥哥，只介紹自己：「我叫諸葛均。」

曹操「哦」了一聲，「聽說諸葛均是諸葛亮的弟弟，那

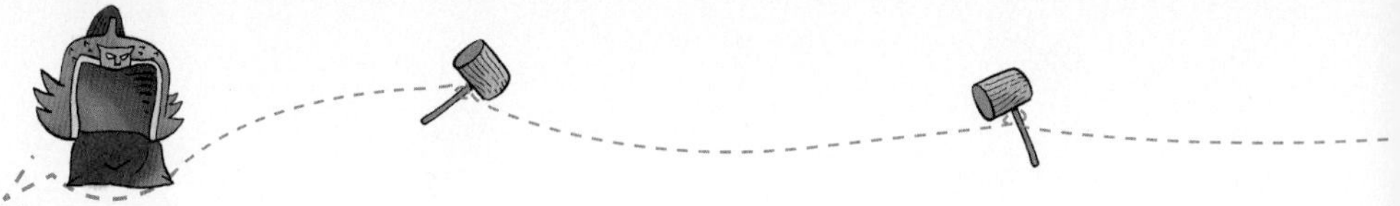

麼你這哥哥就是諸葛亮了？」

諸葛均不能說「是」，也不想說謊否認，就閉上嘴巴不吭聲。

曹操見此情形，就動了動腦筋，換了個問題：「那，你的另外一個哥哥是諸葛瑾吧？」

諸葛均覺得暴露大哥的身分不要緊，就答了聲：「是的。」

於是曹操點了點頭，對諸葛亮說：「諸葛亮先生，幸會幸會。」

諸葛亮有點尷尬，「曹丞相，魏吳交戰，我們是中立國，請原諒我不能幫你什麼忙。」

曹操說：「這點我完全可以理解。上次蜀國和吳國打仗的時候，我們也是保持中立的呀！先生遠道探親，我們應該提供方便，來呀！……」

曹操立即命人牽來兩匹戰馬，送給諸葛亮和諸葛均騎用。

諸葛兄弟表示感謝。

「不過，有一句話請你們記住，」曹操說，「遇到吳國軍隊時，別說

我們埋伏在這裡。」

諸葛亮說：「那當然。」

諸葛均說：「要我保密很難的，但我會盡量努力。」

兄弟倆辭別曹操，順著山路騎馬而行。

不一會兒，前方揚起塵土，吳國的軍隊迎面趕來。

這支軍隊由周瑜親自率領。

周瑜看見諸葛亮，連忙勒住馬頭。

「諸葛先生，」周瑜不冷不熱地打著招呼，「你要是來『坐山觀虎鬥』，應該坐在山頭上。」

諸葛亮笑道：「我哪有閒情逸致看你們打仗。十年沒回家了，趁這次當中立國沒事幹，趕緊回家看看。」

周瑜便問：「你們過來的時候，有沒有看到曹操的隊伍？」

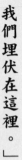

諸葛亮說：「一位英明的統帥跟棋手一樣，對敵軍的下一步應該瞭若指掌。如果要靠我說出曹操在哪裡，只怕影響都督的名聲。」

「我想，也許曹操在那條白忙河前砸爛了飯鍋，準備跟我們背水一戰？」

周瑜說這話時看了看諸葛亮，諸葛亮毫無表情。周瑜又看看諸葛均，諸葛均情不自禁地搖了搖頭。

「那麼，」周瑜又問諸葛均，「曹操會不會在前面的苦頭林裡等著我，想跟我玩玩貓捉老鼠？」

諸葛均不能再搖頭了，搖頭就是說謊。諸葛均也不能點頭，點頭就是洩密。

諸葛均決定不點頭也不搖頭，不洩密也不說謊。

周瑜眼睛一亮，說了聲：「謝謝！」他立即命令將士們向後轉。

吳國的軍隊又揚起塵土。塵土還未散盡，軍隊已無蹤影。

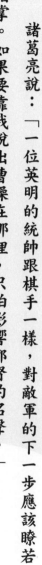

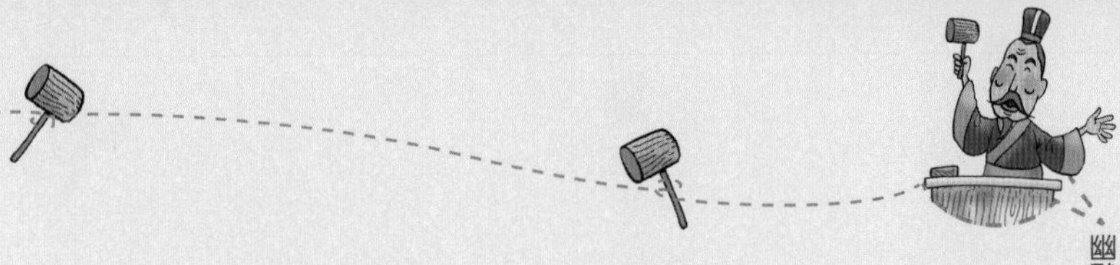

諸葛均發著呆。

苦頭林裡，曹操等得不耐煩了。

他一次又一次派出探子，探子都對他說：「還沒動靜。」

最後一個探子連連叫著：「來了，來了！」

曹操精神一振，朝林子外面張望——不見大隊人馬，只見一人一騎匆匆馳來。

曹操愣住了：「怎麼是諸葛均？」

諸葛均下了馬，把韁繩交到曹操手裡。「對不起，這馬我不能要了。」

曹操問：「馬不聽話嗎？」

「不是的。」

「你洩密了？」

「我也沒洩密。但周瑜沒上你的當，還謝了我，那就一定是我犯了什麼錯誤了。」

曹操笑了，「周瑜一定是想繞到我的背後襲擊我，我給他來個將計就計，當頭一棒！」

「那，」諸葛均說，「馬留在這兒，我走了，我二哥還等著我呢。」

曹操說：「如果你一定要把馬留下的話，那你也留下吧！我挺喜歡你的。這樣，你大哥在吳國，二哥在蜀國，你到魏國，你們各盡所能，各為其主，不是挺好嗎？」

「不不，」諸葛均慌了，「那我還是把馬騎走吧！我得回家好好考慮考慮，才能答覆你。」

曹操說：「行，我等你。」

諸葛亮和諸葛均騎著馬來到白忙河邊。他們回家必須要過這條河，河

上有座橋。

但他們看見河對岸的周瑜正在指揮兵士拆橋，已經拆了一半了。

原來吳軍被魏軍打敗了。吳軍敗退到河東，趕緊拆橋，想把後面的魏軍攔在河西。

橋一拆，攔住了魏軍，也攔住了急著回家的諸葛兄弟。

曹操便向周瑜喊話：「你們快把橋搭

好！」

周瑜說：「我們就不搭好！」

曹操說：「人家十年才回一次家，你們還不行個方便？」

周瑜覺得不把橋搭好確實有點不近人情了。「不過，」他說，「回家歸回家，打仗歸打仗，我們搭好了橋，讓他們兄弟過橋以後，還要把橋拆掉的。」

「行，」曹操一口答應，「拆了橋以後，我們再想辦法。」

於是吳國士兵把拆掉的橋重新搭好。

諸葛兄弟牽著馬上了橋。

走到橋當中時，諸葛亮對河東的周瑜說：「周都督，我十年沒回家了，你呢？」

周瑜被這麼一提醒，「哦」了一聲，「我也有六年沒回去了。」

諸葛亮又問河西的曹操：「曹丞相，你呢？」

曹操想了想，「上次回老家，已經是八年前了。沒辦法，太忙。」

諸葛亮問曹操：「你的老家在哪裡？」

曹操說：「我是譙郡人。」

諸葛均問周瑜：「你的老家在哪裡？」

周瑜說：「我是舒城人。」

諸葛亮向雙方建議：「你們別打了吧！都該回家看看啦。」

「那麼，」周瑜對曹操嘟噥道，「回家看過以後再來打？」

「行，就這麼著吧！」

諸葛均說：「你們回家看爹娘啦，你們手下的兵也有爹娘的呀！」

周瑜和曹操齊聲道：「那就全都放假！」

頓時，河東河西歡呼震天。

魯肅去臥底

魯肅帶著最新情報來見周瑜。

「都督，據可靠消息，曹操又準備攻打吳國了！」

「那，」周瑜問魯肅，「關於魏國的兵力布署，軍事裝備，糧草供應，我們對這些具體情況掌握了多少？」

魯肅說：「還有待深入瞭解。」

周瑜皺眉沉思了一會兒。「子敬啊，看來我們需要派人去曹操那兒臥底，以獲取對方的第一手機密。」

「有道理。」魯肅贊同道。「不過派去臥底的人要絕對可靠。」

周瑜說：「我考慮過了，已經有了最可靠的人選。」

「誰？」

「你。」

魯肅大吃一驚，「不行不行，我從未當過間諜，沒有經驗。再說，應該找靈巧一些的人做這種事，我笨頭笨腦的。」

周瑜笑道：「你正好合適。你憨厚老實，更容易取得曹操的信任。」

「那，」魯肅毅然下了決心，「為了國家，我就闖一次龍潭，入一回虎穴吧！」

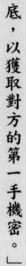

魯肅立即前往魏國。

曹操接待了魯肅，問他：「魯先生是來送信的嗎？」

「不，」魯肅說，「我是來臥底的——不不！我是來投奔您的。」

「我真高興。」曹操說，「有了魯先生，以後我們跟吳國打起仗來，就可以知己又知彼了。」

「什麼？以後跟吳國打仗？」魯肅覺得意外，「不是最近就要攻打吳國嗎？」

曹操說：「原計畫是這樣，但計畫要服從變化。」

「有什麼變化？」

「最近諸葛亮得了急性腦炎，張飛戰馬的尾巴有點骨折……」

「尾巴會骨折麼？」

「那就不是尾巴，是尾骨？總而言

之，從現在的形勢看，蜀國比較好打一些啦！所以我跟我的謀士們商量過後，決定先打蜀國。」

「那怎麼行，」魯肅急了，「還是先打吳國吧！」

「不，還是先打蜀國。」

「先打吳國！」

曹操不懂：「為什麼要先打吳國？」

「因為……要是不打吳國，我就白來您這兒啦！」

「怎麼會白來呢！」曹操已有了安排。「你跟諸葛亮關係不錯，我決定派你去蜀國臥底。」

「等等！你怎麼能派我？」

「我怎麼不能派你？」

「我是吳國人！」

「可你現在已經到魏國工作了呀！」

「對了，」魯肅敲敲自己的腦殼，「我忘了。」

曹操便向魯肅交待任務：「你此去蜀國，要摸清對方的兵力布署，軍事裝備，糧草供應……」

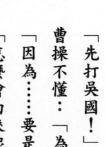

魯肅只好再去蜀國。

他先見到張飛，張飛帶他去見諸葛亮。

魯肅有些意外：「諸葛先生，你沒生病呀？」

諸葛亮問：「你聽說我生了什麼病？」

「他們說你得了腦炎。」

「瞎說，我得的不是腦炎。」

「是什麼？」

「腦瘤。」

「啊？這更危險！」

「幸虧神醫在此。華佗醫生先讓我喝下麻肺湯，全身麻醉後便用利斧砍開我的頭顱，摘除了瘤體，再拿羊腸線縫合創口。手術才過三天，我就正式上班了。」

魯肅驚嘆：「真是不可思議！既然如此，我回去將實情向曹操彙報，他聽說先生康復了，也就不敢來打蜀國了吧！」

諸葛亮不懂魯肅為什麼要向曹操彙報，魯肅便把他先被周瑜派到魏國臥底又被曹操派到蜀國臥底的事說了一遍。

諸葛亮問魯肅：「你是不是還想回吳國？」

魯肅說：「我是吳國人，當然要回吳國。」

「那你就直接回去吧，何必再去魏國找麻煩。」

「好的，先生再見。」

魯肅回到故鄉吳國。

他與沖沖去見周瑜。

但周瑜的態度卻是冷若冰霜。

「魯肅啊！你從蜀國來嗎？」

魯肅說：「對，從蜀國來。」

周瑜又問：「蜀國給了你什麼任務？」

魯肅愣了一愣：「你說呢？」

周瑜說：「我想，既然曹操能派你去蜀國臥底，諸葛亮為什麼不能派你來吳國臥底呢？」

「你說什麼？」魯肅氣得發抖。「公謹，你還是我的朋友嗎？」

「現在不是了，因為你的身分太複雜了。」

「好吧，吳國沒有我的存身之地了，我再回蜀國去！」

周瑜冷笑道：「這正好證明你成了一名蜀國間諜。」

魯肅現在渾身是嘴也無法分辯了。

滿腹委屈的魯肅又到了蜀國。

他又見到了諸葛亮，他對諸葛亮說：「我回不去了，只好留在蜀國了！我沒想到人與人之間的友誼和信任是如此脆弱。」

「不過，」諸葛亮問魯肅，「你說實話，如果吳國願意接納你，你還是希望回去的吧？」

魯肅嘟囔道：「當然。」

諸葛亮又問：「如果周瑜願意回到從前，你還是希望做他的朋友的吧？」

魯肅鬥爭了半天，終於還是點了點頭。

「那好吧。」諸葛亮說，「現在的情況比較複雜，你必須從複雜回到簡單，讓周瑜容易接受。為了實現從複雜到簡單，你得先去魏國……」

可憐的魯肅，回歸之旅竟是如此遙遠。

吳國在南方，他卻不得不跑到北方的魏國，去見曹操。

曹操見了魯肅很高興：

「魯先生，哪陣風把你吹來啦？」

魯肅提醒曹操：「曹丞相，您忘了？我是您派去蜀國臥底的呀！」

「有這回事嗎？」曹操努力回憶了一陣，終於從腦海深處打撈出有關資訊。「不錯，我想起來了，你曾經來投奔我，我便派你去蜀國臥底。不過你現在不用向我彙報蜀國的機密了！」

「為什麼？」

「因為現在我決定暫時不打蜀國了。」

「又是『計畫服從變化』？」

「對，情況又變化了！」

「變成怎樣？」

「據說周瑜最近不好好吃，不好好睡，造成體力疲弱，精神恍惚，這樣的狀態肯定打不好仗的。」

魯肅關心地問：「他怎麼會這樣的？」

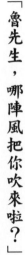

曹操道：「據說是因為一個多年的朋友離開了他，而他身邊再也沒有這樣的朋友了。當初是他讓這朋友離開的，可現在他懷疑這朋友在離開的日子裡是不是跟別人做了朋友。疑慮、猜測、後悔、自責使周瑜寢食難安……」

魯肅感動地說：「我恨不得長翅膀飛回去！」

曹操說：「鑒於周瑜的這種情況，我決定把進攻目標轉向吳國。魯先生，你在這個時候返回吳國，是不是要先參觀一下我的軍營？」

「不，不，」魯肅堅決地說，「我已經對您的軍事機密不感興趣。如果我參觀了您的軍營，您就不會讓我回國了，而我現在最強烈的願望就是盡快回國！」

「魯先生，我很喜歡你這個人，儘管你是周瑜派來的臥底，一個沒能完成任務的臥底。我不會不讓你走，但還是請你不要立刻就走。」

「為什麼？」

「我要作一首詩送給你。」

「時間不會很長吧？」

「不會，我作詩很快的。」

於是曹操像搖撥浪鼓一樣地迅速晃了晃腦袋，他腦子裡的靈感立刻互相碰撞，轉眼間碰撞出一首詩來：

好朋友，
像條狗，
咬住不鬆口。
好朋友，
像蒼蠅，
趕也趕不走。

曹操拉著魯肅的手惋惜道：「如果你能留下該多好啊！」

「不可能的，」魯肅說，「因為我是吳國的蒼蠅。」

「我可是魏國的蒼蠅。」曹操身邊的蔣幹說。

吳國。都督府。

魯肅是白天回到吳國的，但他想：「聽說周瑜已經廢寢忘食，他真的為了我覺都不睡嗎？」所以魯肅半夜來看周瑜。

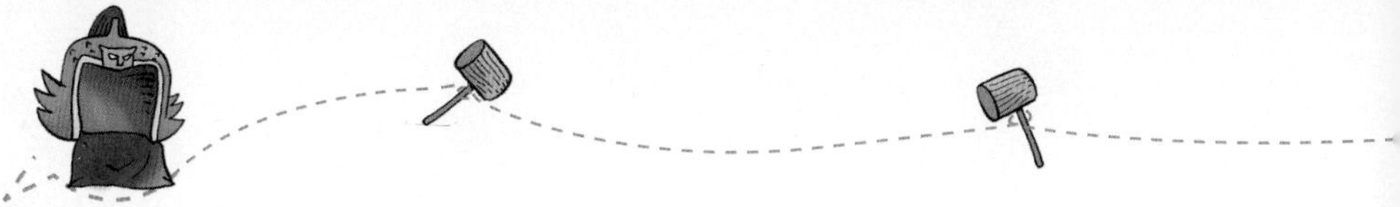

果然周瑜沒睡覺，房中傳出琴聲淙淙。

魯肅靜聽一曲彈罷，才進房相見。

周瑜問魯肅：「子敬這回是從魏國來的嗎？」

魯肅說：「不錯，從魏國來。」

「這就對了。」周瑜說。「我派你去魏國臥底，你從魏國回來，完全順理成章了。」

「可是我一點情報也沒搞到。」

「這不重要。你回來了，我又可以正常吃飯，正常睡覺，多好啊！」

魯肅問周瑜：「公謹，你剛才彈的什麼曲子，我怎麼沒聽過？」

周瑜說：「是我創作的一首以友情為主題的新歌，還沒填上歌詞。」

魯肅說：「曹操為我寫了首詩，我覺得挺適合你的曲子。」

於是曹操的詩填進周瑜的曲子，周瑜和魯肅高高興興唱起來：

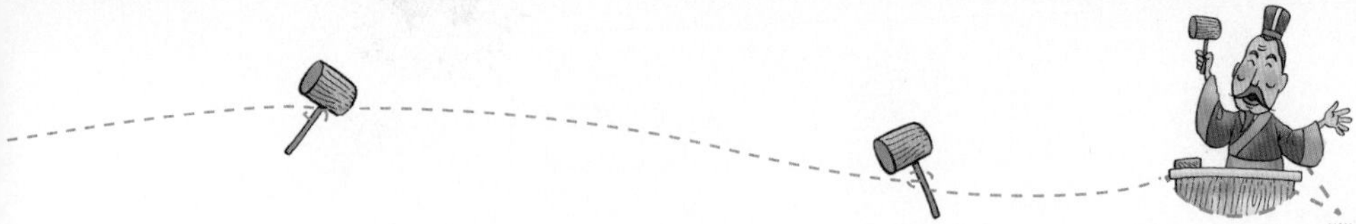

好朋友，
像蒼蠅，
趕也趕不走。

幽默三國之赤壁文物拍賣會

2011年4月初版 定價：新臺幣270元

著者 周銳
繪圖 奇兒
發行人 林載爵

出版者 聯經出版事業股份有限公司
地址 台北市基隆路一段180號4樓
編輯部地址 台北市基隆路一段180號4樓
叢書主編電話 (02)87876242轉213
台北忠孝門市：台北市忠孝東路四段561號1樓
電話：(02)27683708
台北新生門市：台北市新生南路三段94號
電話：(02)23620308
台中分公司：台中市健行路321號
暨門市電話：(04)22371234ext.5
高雄辦事處：高雄市成功一路363號2樓
電話：(07)2211234ext.5
郵政劃撥帳戶第0100559-3號
郵撥電話：27683708
印刷者 文聯彩色製版印刷有限公司
總經銷 聯合發行股份有限公司
發行所：台北縣新店市寶橋路235巷6弄6號2樓
電話：(02)29178022

叢書主編 黃惠鈴
校對 賴顯如
整體設計 陳巧玲

行政院新聞局出版事業登記證局版臺業字第0130號

本書如有缺頁，破損，倒裝請寄回聯經忠孝門市更換。 ISBN 978-957-08-3795-7 (平裝)
聯經網址：www.linkingbooks.com.tw
電子信箱：linking@udngroup.com

國家圖書館出版品預行編目資料

幽默三國之赤壁文物拍賣會/周銳著．
初版．臺北市．聯經．2011年4月（民100年）．
208面．14.8×21公分

ISBN 978-957-08-3795-7（平裝）

859.6 100005858

聯經出版事業公司

信用卡訂購單

信 用 卡 號：□VISA CARD □MASTER CARD □聯合信用卡
訂購人姓名：________________________________
訂 購 日 期:__________年________月__________日 (卡片後三碼)
信 用 卡 號：________ ________ ________ ________ ________
信用卡簽名：____________________(與信用卡上簽名同)
信用卡有效期限：________年________月
聯 絡 電 話：日(O)：______________夜(H)：____________
聯 絡 地 址：□□□ ________________________________

____

訂 購 金 額：新台幣 ______________________________元整
（訂購金額 **500** 元以下,請加付掛號郵資 **50** 元）
資 訊 來 源：□網路 □報紙 □電台 □DM □朋友介紹
□其他 ________________________________
發 票：□二聯式 □三聯式
發 票 抬 頭：________________________________
統 一 編 號：______________________________
※ 如收件人或收件地址不同時，請填：
收件人姓名：______________________ □先生 □小姐
收件人地址：____
收件人電話：日(O)______________ 夜(H) ______________
※茲訂購下列書種,帳款由本人信用卡帳戶支付

書 名	數量	單價	合 計
		總 計	

訂購辦法填妥後

1. 直接傳真 FAX(02)27493734
2. 寄台北市忠孝東路四段 561 號 1 樓
3. 本人親筆簽名並附上卡片後三碼(95 年 8 月 1 日正式實施)

電 話：(02)27627429
聯絡人:王淑蕙小姐(約需 7 個工作天)